上海校园文化传承创新发展行动计划—中国风丛书出版项目资助

中国风
CHINA WIND
Jiangnan
Culture
江南文化

U0732227

主编 刘士林 洛秦

春花秋月何时了

万宇 著

上海音乐学院出版社

西洲在何处，两桨桥头渡。

想好好地做一点江南的书，这个愿望实在是不算短了。

每登清凉山，临紫霞湖，看梅花山的灿烂云锦，听秦淮河的市井喧阗，这种想法就会更加难以抑制……更不要说在扬州瘦西湖看船娘腰肢轻摇起满湖涟漪、在苏州的网师园听艺人朱唇轻吐"月落乌啼霜满天"，以及在杭州的断桥边遥想许多已风流云散的"三生石上旧精魂"了。这是一片特别容易招惹起闲情、逸致甚至是几分荒凉心的土地，随便一处破败不堪的庭院，也许就是旧时钟鸣鼎食的王谢之家，而山头上一座很不起眼的小小坟茔，也许深埋的就是曾惊天动地的一泓碧血……而在江南生活的所有诗性细节之中，最令人消受不起的当然要算是还乡感了。特别是在明月之夜、风雨之夕的时候，偶尔走进一个陌生的水乡小镇，它一定会勾起那种"少小离家老大回"的人生沧桑。在这种心情和景物的诱惑下，一个旅人会很容易陷入到一种美丽的幻觉中，搞不清楚此时此刻的他和刚才还在红尘中劳心苦形的那个自我，谁的存在更真实一些，谁的音容笑貌更亲切温柔一些……

然而，毕竟是青山遮不住逝水，一如江南佳丽总是难免于"一朝春残红颜老"的命运，像这样的一种诗性江南在滚滚红尘中的花果飘零，也仿佛是在前生就已签下的悲哀契约。而对于那些生逢其时的匆匆过客们，那交集的百感也不是诗人一句"欲说还休"就可以了断的。一方面是"夜深还过女墙来"的旧时明月，另一方面却是"重过阊门万事非"的江边看月之人；一方面是街头桂花的叫卖声、桂花酒酿的梆子声声声依旧，另一方面却是少年时代的长干、横塘和南浦却早已不可复闻；一方面是黄梅时节的细雨、青草池塘的蛙鼓依然如约而来，另一方面却是采莲、浣纱和晴耕雨读的人们早已"不知何处去"；一方面是在春秋时序中的莼菜、鲈鱼、莩荠和茨菰仍会历历在目，另一方面在夕阳之后却再也没有了夜唱蔡中郎的嗓音嘶哑的说书艺人，还有那良辰美景中的旧时院落，风雨黄昏中的客舟孤侣，浅斟低唱的小红与萧娘，春天郊原上的颜色与深秋庭院中的画烛，以及在江南大地上所有曾鲜活过的一切有声、有形、有色、有味的事物。如果它们的存在不能上升到永恒，那么还有什么东西更值得世人保存呢？对于这个世界上存在的万物来说，还是苏东坡的《前赤壁赋》说得好："盖将自其变者而观之,则天地曾不能以一瞬;自其不变者而观之,则物与我皆无尽也。"而对于一切已经丧失物质躯壳的往昔事物,它们的存在和澄明当然只能依靠语言和声音来维系。用一种现代性的中国话语去建构一个有生命的古典人文江南,就是勉励我们策划"江南话语"并将之付诸实践的最高理念和实践力量。就像东山魁夷在大自然中写生时的情况一样,漫步在美丽的江南大地上,我们也总是会听到一种"快把我表现出来"的悲哀请求。而有时这种柔弱的请求会严厉得如同一道至高无上的命令,这正是我们必须放弃许多其他事务而首先做这样一件事情的根源。

记得黑格尔曾说古希腊是"整个欧洲人的精神家园",而美丽的江南无疑可以看作中华民族灵魂的乡关。尽管正在人们注目中的这个湿润世界,已经更多地被归入历史的和怀旧的对象,但由于说话人本身是活的、正在呼吸着的生命,因而在他们的叙事中也会有一种在其他话语空间中不易见到的现代人文意义。让江南永远是她自身,让江南在话语之中穿越时光和空间,成为中华民族生活中一个永恒的精神家园,这就是《江南话语》希望达到的目标和坚持不懈的人文理想。

2003年7月7日于南京白云园

目 录

第一章　四时的诗意

四时的诗意：节序中的自然与人

人类越来越傲慢了，傲慢到无视自然的脚步。

大棚蔬菜不再遵守四时的约定，空调也终于使人们获得了由电力构筑的"四季如春"的天堂，人们开始渐渐忽略自然的存在，更不用说一个个来去匆匆的节气了。

春耕夏锄，秋收冬藏，农历的二十四节气，是先民们在生产劳动的实践中不断摸索出来的自然脉搏。"节"是阶段，是一个阶段的结束，下一阶段开始的临界。在先民们的观念中，"节"与"气"是联系在一起的，有时它是劳作的准备，有时它又是收获的庆典。这种人与自然的交流与和谐，带有浓重的人文精神与诗意情怀。雨水、寒露、霜降、大小雪，惊蛰、清明、立春夏，这些传神的勾勒，无疑是诗的细节描写，春雷唤醒蛰居于泥土之中的昆虫，寒气使朝露变成了雪白的银霜。自然的雪月风花，一叶一芽，在四时与节序中变得那么生动而活泼。相对于古人对于季节更替的敏感，现代人则早已生疏了这种面对自然的谦卑与快乐。

城里不知季节更替，哪能识取春消息？冰柜中的大棚蔬菜、四季盛开的娇艳花朵，谁还能对季节的更替怀着震撼呢？先人面对四季的体察细微，面对自然的感恩与欣喜，我们已经相当陌生。

"东风还又，野花开暮春时候。"自然的更替与造物的神奇让我们的心灵至今仍震颤不已。这种古老的、几乎是与生俱来的情愫在先人的情感与我们的内心中一次次地相互印证，这种属于我们自身与民族的东西最值得留恋与回味，带有真正意义上的回归。

没有什么东西使自然的风雨阴晴更能使我们如此亲近、直接地感知先人了，他们距离我们似乎只有这一纸薄薄

的岁月书简，与我们共同经历着每一个春分夏至立秋大寒。他们也曾像我们一样感动于自然的花开花落，感喟人生的欢娱与无常，面对令人敬畏的自然充满了悲悯与忧伤。

与二十四节气相仿，中国农历的每一个节日（七夕、端午、中秋、元宵、春节等），也都充满了诗意，可入诗入画，或与神话传说有渊源，或与历史人物、历史事件相关联，更多的则是体现先民的对于自然界的理解，用感性和诗意的方式描述了他们的宇宙意识与生命意识。

例如关于月亮的浪漫感知，"夜夜损清辉"的月亮自然是女性化的，广寒宫里的清冷正如月亮的光泽，桂花树与

玉兔则用可感知的实物增强想象的可信性，而美丽的嫦娥姐姐则是人们罗曼蒂克的幻想了，虚虚实实，是也非也，构成这真实可感的浪漫情怀。而端午投粽、龙舟的仪式也反映了先民对于永恒生命的期待与对"善"的向往，另有一种价值判断在了。

端午对于每个中国人来说，真是一个五味杂陈的"节"序，思慕先贤的可以体味屈原孤高峻急的气节，喜欢八卦爱情故事的自然难免会念及饮了雄黄酒现了原形的白娘娘，不觉心中痛骂许仙的软弱与绝情，而偏爱口腹之欲的人当然是美食当前，遑论其他。粽子是大江南北的硬通货，赤豆粽、咸肉粽、红枣粽、蛋黄粽等已经让人眼花缭乱了，而各地又有不少当令必吃的节令食品，如绿豆糕、红苋菜、咸鸭蛋、烧黄鱼等，各地有着各地的规矩。至于外国人，把端午翻译作"龙舟日"，也是只得赛龙舟表面仪式的沸沸扬扬，而不知这"端午节"对于一个中国人来说的全部意义。艾草、五色丝线、黄酒、五毒帽等这些"端午节"的细节又岂是一时半刻能讲得清楚的呢？

这些充满了诗意的理解与认识，为我们展现了先民们细腻丰富的内心世界，同时也传达了他们的爱与憎、礼节、信仰、同情心、道德观，甚至偏见。并在漫长的岁月中，渐渐形成了风俗，以行为、吃食等"仪式"来不断强化。

二十四节气自在自得，与丰富多彩的民俗风习，这些时光沉淀下来的仪式从本质上看，都在于人与自然之间的协调与融洽，是一种时光记忆，也是文化积累。

古人重视节序，一则因为农耕时代农作物从播种到收获与四时节气密切相关，二则是"天人合一"观念的作用，人与自然必须协调一致，从穿衣吃饭到典章制度，都不能无视四时变化的规律。即使处于乱世，民间的节序、风俗也照例不变。

以元好问在[中吕·喜春来]《春宴》中一节为例，我们来看看"立春"时节的欣喜与忙碌，"春盘宜剪三生菜，春燕斜簪七宝钗。春风春酝透人

怀。喜宴排，齐唱喜春来"。古代立春有这样的习俗：将生菜、春饼置于盘中，取迎春之意，或馈赠亲友，或邻里互送，称作春盘。就连朝廷中皇帝也以春盘赐予近臣。三生菜，指三种生菜，取其"生"字之意，隐约透露出万物生长之意。又有迎新之意，于立春日以葱、韭、蒜、蒿和芥菜五种辛辣菜蔬杂和供食，谐音取迎新意。

过了端午，天气转热，靠了藤枕、铺了竹席，嫩笋新茶、凉水浸过的瓜果，没有空调，夏天的诗人依然过得快意可人。"……住处清佳，绝去喧哗。近深林，烹嫩笋，煮新茶。披巾散发，沉李浮瓜。饮莲茆，斟竹叶，看荷花。羡归鸦，趁残霞，暮云呈巧月如牙。静夜凉生深

院宇，熏风吹透碧窗
纱"（钟嗣成[南吕·骂
玉郎带过感皇恩采茶
歌]《四时佳兴·夏》）。
这些曾被先人们吟赏、
体察的种种自然细节，
对于我们又是何等的
陌生啊，而在水泥森林
的城市中，竹叶荷花，
深林归鸦，也仅仅能作

为诗歌的字符了。这些"残霞"与"暮
云"是否仍旧是先人所见的风云日月
呢？"社日停针线、又寒食戏秋千"，寒
食、清明，荡秋千，这些诗意的细节只
能在前人的文字中寻找，不能不说是一
种悲哀啊。

先民面对四季与自然的那种心
灵的震颤，自字里行间浮现，万物蓬
勃的生命力使我们耳目一新，而这一
切本应是我们生活的一部分，体味自
然诗意的仪式之一。我们的祖先怀着
对自然和生命的敬畏，一辈辈地按照

六朝石刻辟邪

二十四节气春耕冬藏，遵循着寻不到源头的各种民俗挂桃符、闹元宵、赛龙舟、乞巧、赏月、登高、祭神……我们的祖先在大自然的威慑之下谦卑而真实地生活着，供养祖先、孝敬父母、养育儿孙、耕种和收获自己的庄稼，同时也收获属于自己的幸福。

再看看我们身边这个怪模怪样的城市，一幢幢水泥楼宇不再有泥土的气息，密密麻麻的空调外机与防盗网使建筑物有如蜂巢，并散发着熏人的热气，滴着脏水。那些视力衰退和生性懒惰的现代人当然看不到大自然中变幻不定的风物与美了。是人类的智慧使我们减少了对未知自然的神秘感？还是一切来得过于容易与匆忙，使我们失却了对自然的虔敬之心？

在这里，笔者也并非要执意恢复关于习俗与时序的种种仪式，只是为读者提供另外一个容易被人忽视的角度，在中国往事中发掘诗意，这种人与自然乃至宇宙的协调与融洽关系，无疑是一种人与自然相处的艺术。今天我们来寻找那些遗失于历史深处的"深巷卖花声"，颇有几分淡远怅惘而的味道。先民们那些诗意的季节感受，今天已经变成超市里现代人的功利"卖点"，月饼逐渐演变成"面子工程"，汤圆、粽子等应令食品在卖场中展开"品牌"大战，消费者挑挑拣拣注意着黄色的特价标签，盘算着钱包里的支出，哪还能体会节序时令的"诗意"之美啊。

这就是生活。

诗意的持存往往因了时间的流逝和空间的变迁而使人生出无尽的哀感和怅惘，其中那些细节也往往最让人感念。多年来大中城市执行的禁放鞭炮令似乎将"中国年"的味道也冲淡了很多，而每年仍会不时出现在居民门前的大红对联，悬于厅堂之中的中国结，则从另外的角度诠释了"除夕"的中国意味。圣诞只是洋节，新年是外国交响乐的音乐会，而千山万水之外也要回家的，则是中国人的除夕之夜。端午节的一把艾蒿、几缕丝线，除夕夜的一碗饺子、几串炮仗即使在今天，仍令我们倍感亲切。

这种留恋感，犹如依偎在母亲怀抱中的那种留恋感，正如日本作家德富芦花的《春天的悲哀》一文中所说：

我的灵魂不能不仰慕那遥远的天国。自然界的春天宛若慈母。人同自然融和一体。投身在自然的怀抱里，哀怨有限的人生，仰慕无限的永恒。就是说，一旦投入慈母的胸怀，便会产生一种近乎撒娇的悲哀。

那种"刚想捕捉,旋即消泯"的美感,那种对自然"近乎撒娇的悲哀",对人生的感悟与叹息,清淡与哀伤,微微的悲凉,又是那么的美啊。异邦的文字让我找到了似曾相识的岁月感受。

季节交替、大千流转,人生与自然由于特殊的时间纽带结合起来,面对节序时令,古人敏感,我们迟钝,古人激情充沛,而我们懈怠麻木。古人因喜悦而引发出盎然诗情,而我们则漠然面对自然界的春夏秋冬、雨雪风霜。

不过我相信有些东西本身不可摧毁,虽然常改变形式,因为它们依赖那种人类有生俱来的情感。历史在短暂的百年赋予了太多的变化,我们除了克服这种因加速度而产生的眩晕感之外,寻找属于我们民族自己的诗意也未尝不是一张独特的方子。

时:先民生活的坐标系

让我们从何说起呢?那么,就先从"时"入手,将现代文明久已淡漠的节气与时序重新拾起。"时"是先民生活的基本框架,重要的坐标系,他们的生产、生活基本都是以此为线索。对

雨水:烟雨迷蒙中的玄武湖

于他们而言,"时"、"俗"、"食"、"事"就是生活纷纭的组成部分。

先民对于"时"的尊重,甚至敬畏,是人与自然之间的紧密关联。人们的衣食住行甚至战争都与"时"息息相关。中国古代农民和农学家农时意识之强烈为世所罕见。他们把"时"的因素放在首要的地位,认为从事农业生产首先要知时顺天(自然),要"以事适时"(《吕氏春秋·召类》)。为什么呢?春秋战国时代的人们做出这样的回答:

春分:江南水巷,河道纵横,人家枕河而居

春气至则草木产,秋气至则草木落。产与落或使之,非自然也。故使之者至,则物无不为,使之者不至,则物无可为。古人审其所以使,故物莫不为用。(《吕氏春秋·义赏》)

春者,阳气始上,故万物生;夏者,阳气毕上,故万物长;秋者,阴气始下,故万物收;冬者,阴气毕下,故万物藏。故春夏生长,秋冬收藏,四时之节也。(《管子·形势解》)

这是以阴阳二气的消长来解释气候的变迁,以草木万物的生长收获对气候变迁的依赖来说明掌握农时的重要性。这是先民的生命逻辑,也是他们观察自然的视角与结果。在文字留存当中,大量的文献也证明了这一点。在《诗经》中,有大量的文字与"时"相关,以"时序"为线索,其中最有代表性的莫过于《七月》。在《七月》中深入细致地描写了在不同的"时"所进行的农事与活动。因为"举事而不时,力虽尽而功不成"(《管子·禁藏》)。先民在丰富的劳动实践中深刻地体会与领悟了自然的"时"。

清明:江南踏春,路上行人纷纷。

《诗经·七月》所载每月物候与农事

月份	物候、天象	农事
一月		于（修）耜，纳（冰）于凌阴
二月	春日载阳，有鸣仓庚（黄莺）	举趾（开耕），献羔祭韭
三月		条（修剪）桑
四月	秀葽（远志结籽）	
五月	鸣蜩（蝉），螽斯动股	
六月	莎鸡振羽	食郁及薁
七月	流火（大火星），鸣鵙（伯劳），（蟋蟀）在野	烹葵及菽，食瓜
八月	（蟋蟀）在檐下，萑苇	剥枣，断瓠，载绩，其获
九月	（蟋蟀）在户，肃霜	授衣，叔苴（拾麻子），筑场圃
十月	陨萚，（蟋蟀）在床下	获稻，纳禾稼，涤场（净场）
十一月	觱发	于貉，取彼狐狸
十二月	栗烈	献豜于公，凿冰冲冲

谷雨时分绿波来

"在檐下"，"在户"，"在床下"的精准描摹，这些具体生动的形象栩栩似乎就在眼前，让人觉得时间的流逝虽然长久，但先人面对的太阳月亮、星辰时序如同亲历。

《七月》对于节令中物候的描摹相当细致生动，如，"春日载阳，有鸣仓庚"正是"草长莺飞"、"杂花生树，群莺乱飞"的春天时令，而对蟋蟀

大暑江南莲花开

一叶知秋

对"时"的感受又直接作用在人民的生产生活当中，根据"时"进行农事和安排生活，也成为一种习惯与自觉。随着人们对自然的观察与总结，二十四节气开始被广泛认可。

人们的生活、农事与"时"紧密相连，如"春打六九头，耕牛满地头"，立春日举行探春、采春、迎春和打春及迎春牛和送"春牛图"。夏日有"雨打立夏，无水浇耙"、"小暑不见日头，大暑晒开石头"，立夏人们吃补食、称体重。秋季"雷打秋头，百事无收"、"八月十五云遮日，来岁元宵雨打灯"。都是先民宝贵的人生经验。

这些朴素的自然认识与天文知识是先民智慧的结晶。落实到他们的生活中，寒冷的冬季主要是田间管理"庄稼要收成，土地要冬耕"、"冬季清除田边草，来年肥多害虫少"。冬至大如年，从这一天开始，白天变长，黑夜变短，人们吃年糕、做汤圆、穿新衣服、祭祀祖先。西方称"冬至"为光明节也是这个意思。借助自然的变化，人民也开始对生活有意识地改变，形成一定的时俗与习惯。日积月累，形成一定的行为惯例。

二十四节气，犹如先民的生活的坐标系，在天地运行的横轴与纵轴之间中来寻找自己的轨迹。每次陪着儿子一起背诵二十四节气歌时，总是感叹时光的神奇与周而复

秋分时节

霜降

《淮南子》中关于二十四节气的记载

节气	斗建	音律	气候意义
冬至	子、中绳	黄钟	阴气极，阳气萌
小寒	癸	应钟	
大寒	丑	无射	
立春	报德之维	南吕	阳气解冻
雨水	寅	夷则	
雷惊蛰	甲	林钟	
春分	卯、中绳	蕤宾	雷行
清明风	乙	仲吕	
谷雨	辰	姑洗	
立夏	常羊之维	夹钟	大风济
小满	巳	太簇	
芒种	丙	太吕	
夏至	午、中绳	黄钟	阳气极，阴气萌
小暑	丁	太吕	
大暑	未	太簇	
立秋	背阳之维	夹钟	凉风至
处暑	申	姑洗	
白露降	庚	仲吕	
秋分	酉、中绳	蕤宾	雷戒，蛰虫北乡
寒露	辛	林钟	
霜降	戊	夷则	
立冬	通之维	南吕	草木毕死
小雪	亥	无射	
小雪	壬	应钟	

始。每到春分、夏至、芒种、大寒等节气，小孩子关于节气的问题就会来，"惊蛰"惊的是什么"蛰"呢？是昆虫吗？"芒种"是什么意思呢？"芒"是"芒果"的"芒"吗？"处暑"的"处"是什么意思呢？为什么不和"大暑"、"小暑"在一起？

孩子啊，让我们慢慢来了解这一天天朝我们走来的日子吧。

早在《淮南子·天文训》中就已经有了关于二十四节气的系统记载。

冬日萧瑟的玄武湖

从上，我们可以看出，二十四节气名称与顺序的定型已经成熟。先秦时代虽然已经具备产生二十四节气的条件，但当时二十四节气的名称与后世不完全一样，《淮南子》所载二十四节气的名称和顺序，已经与后世完全相同，历两千多年而没有改变，这标志着二十四节气的定型。

为什么先民对于节气这么重视？这和农耕文明对天气、气候的依赖大有关系。在二十四节气形成以后，它逐渐成为我国人民安排各项农业生产的主要依据，但它并没有排斥其他的指时手段，在它形成的同时，人们又在上古物候知识积累的基础上，整理出的七十二

候。七十二候以五日为一候，以一特定的物候现象命名，它与二十四节气相配合，每节气三候，形成比较完整的气候概念。其系统记载始见于《逸周书·时则训》。详细七十二候与二十四节气的配合请见下表：

小雪

二十四节气与七十二候配合表

月份	节气	第一候	第二候	第三候
孟春	立春	东风解冻	蛰虫始振	鱼上冰
	雨水	獭祭鱼	候雁北	草木萌动
仲春	惊蛰	桃始华	仓庚鸣	鹰化为鸠
	春分	玄鸟至	雷乃发声	始电
季春	清明	桐始华	田鼠化为鴽	虹始见
	谷雨	萍始生	鸣鸠拂其羽	戴胜降于桑
孟夏	立夏	蝼蝈鸣	蚯蚓出	王瓜生
	小满	苦菜秀	靡草死	麦秋至
仲夏	芒种	螳螂生	鵙始鸣	反舌无声
	夏至	鹿角解	蜩始鸣	半夏生
季夏	小暑	温风至	蟋蟀居壁	鹰如鸷
	大暑	腐草为萤	土润溽暑	大雨时行
孟秋	立秋	凉风至	白露降	寒蝉鸣
	处暑	鹰乃祭鸟	天地始肃	禾乃登
仲秋	白露	鸿雁来	玄鸟归	群鸟养羞
	秋分	雷乃收声	蛰虫坏户	水始涸
季秋	寒露	鸿雁来宾	雀入大水为蛤	菊有黄花
	霜降	豺乃祭兽	草木黄落	蛰虫咸俯
孟冬	立冬	水始冰	地始冻	雉入大水为蜃
	小雪	虹藏不见	天气腾地气降	闭塞成冬
仲冬	大雪	鹖鸣不鸣	虎始交	荔挺出
	冬至	蚯蚓结	麋鹿解	水泉动
季冬	小寒	雁北乡	鹊始巢	鸡始鸲
	大寒	鸡始乳	征鸟厉疾	水泽腹坚

大雪

物候指时虽然起源很早，但"物候"一词却相对晚出。它最初见于唐代文献，如唐杨炯《登秘书省阁诗序》："平看日月，唐都之物候可知。"又，唐郑谷诗："山川应物候，皋壤起农情。"

物候与节气相比，对于自然的描摹更为直观，各民族的先民都曾运用。如西双版纳景洪县的基诺人，"借宝"树叶落完了，"吉个老"鸟叫了，就该上山在待耕地段上砍树芟草；当苦笋发芽，"拉查巴布"鸟叫了，就该烧荒；满山的"借宝"盛开白花，就撒苞谷、种棉花；"借达卡"（马登树）开花，"卡巴"鸟等叫了，就该撒旱谷了。类似的经验在许多民族中都存在。在独龙等族，还形成了物候历，把一年分成若干月，以某种特定的物候的出现为一年或一月开始的标志，月无定日，比较粗疏，但与农事安排密切结合。[1]

由于天气的寒暑，草木的荣枯，鸟兽的出没是受地球绕太阳公转的规律所支配的，所以物候历本质上是一种太阳历。

物候、节气、农时、农事构成了古代先民生产生活的时间坐标系，也为民俗与节序提供时间坐标轴。在这里，我们不妨看看，英文翻译中的二十四节气（The 24 Solar Terms）：

立春 Spring begins
雨水 The rains
惊蛰 Insects awaken
春分 Vernal Equinox
清明 Clear and bright
谷雨 Grain rain
立夏 Summer begins
小满 Grain buds
芒种 Grain in ear
夏至 Summer solstice
小暑 Slight heat
大暑 Great heat
立秋 Autumn begins
处暑 Stopping the heat
白露 White dews
秋分 Autumn Equinox
寒露 Cold dews
霜降 Hoar-frost falls

---

1 参阅李根蟠、卢勋：《中国南方少数民族原始农业形态》第一章第三节，农业出版社，1987年。

知清明寒食，青团之香糯，端午的热闹后面的悲歌，春节只是为了吃为了压岁钱吗？中秋就是为了看月亮吃月饼吗？岁时的意义，在于对自然的尊敬与对先人的怀念。

怀着虔敬和期待，让我们从现在开始，让孩子们了解古老的中国，祖祖辈辈的先民，他们所经历的春花秋月，日月星辰，他们曾经的衣食住行，风俗习惯成为孩子们最隐秘的文化基因，成为一个中国娃娃。

中国节："时"与"人"的结合

"人"本身成了节日最为关注的因素，而"时"蜕变为一种背景，在节日里，无论是祭祀先祖或是现世狂欢，"人"都作为主体更受关注与重视。

如果说节气与物候还是人们对自然的观察和领悟，那么节日就是"时"与"人"的结合，人们在时间的坐标轴为自己特意增加的浓墨重彩。"人"本身成了节日最为关注的因素，而"时"蜕变为一种背景，在节日里，无论是祭祀先祖或是现世狂欢，"人"都作为主体更受关注与重视。

山中无历日，寒暑不知年。在人

江南冬日

立冬 Winter begins

小雪 Light snow

大雪 Heavy snow

冬至 Winter Solstice

小寒 Slight cold

大寒 heavy cold

于文字表面，典雅顿失；于内在的意义，理解过于浅显，可谓味道全无。想要了解中国味道的生活，还是要从深入中国人骨髓的时、食、事开始啊。而现时的中国，孩子们过万圣节，过圣诞节，吃肯德基麦当劳，而不类发展的历史长河中，很长一段时间是不存在或者说没有形成节日文化的。在这种纯粹自然的环境中，没有什么节日可过。

后来随着社会的发展，宗教的产生和活动的频繁，尤其是对自然的长期观察以及规律的总结，人们开始需要在一些比较固定的日子里进行劳动的休整，开展娱乐活动，或举行某种祭祀仪式，于是逐渐出现某种节日。加之，天文历法知识的不断丰富，也为节日的产生和发展提供了可能。节日之所以成为约定俗成的节日，都有若干构成要素：

第一，每个节日都有规定的日期，如正月初一为春节的开始，五月初五是端午节等，节日与节日之间有一定的间隔。

第二，节日有一定的祭祀或纪念对象，如春节祭祖，人胜节祭人祖，立春日祭句芒神，腊月二十三送灶神等。

第三，每个节日都有一定仪式，如清明节吃寒食，扫墓和踏青，七夕节乞巧等。这些仪式、活动、约定、禁忌等都为节日提供了丰富的内容，也界定了各个节日自身的特点。

所以，节日是"人"的节日，而非自古就有的，是人们为了凸显"人"的价值而设置的。

中国古代的岁时节日，均有不同的来源。有些节日是农业经济的产物，如腊月、春节和中和节都祭土地神，有些节日是适应人类自身生产而出现的，如人胜节、上巳节等，有些节日则是宗教信仰的产物，如中和节祭日神，清明节祭祖，冬至节祭天等。

中国的节日可追溯到史前时代，商周以后不少节日上升为礼俗，变成国家的祭典。但当时的节日仪式比较简单，宗教色彩浓厚，节日时间不固定。秦汉时期节日基本定型，如除夕、元旦、元宵、上巳、寒食、端午、七夕、重阳等。

中国的节日和中国人的生活息息相关，也是人类生活的真实投射，节日活动林林总总，概括起来，大体有以下几种：

一是缅怀先人，借以寄托自己的思念。端午节纪念屈原、曹娥就是一例。"七夕"节中的牛郎与织女，虽属神话人物，但也被当作真实的历史人物来祭颂，人的"情味"更为凸显，因为牛郎织女对自由、真挚的爱情的热烈追求，正是人们所企盼的，而神的"人"味和人的"神"味错综交融，更为节日增加了神秘浪漫的气氛。

二是，节日里丰富的各项活动，可以防病去灾，娱乐休息。在这些仪式活动中，有积极的东西，如扫尘、开展娱乐活动等，也有消极的方面，如打鬼、驱疫、避邪等宗教迷信活动。在医学在尚不发达的古代反映了先民防病去灾的强烈愿望，一种强烈的"生"之愿望。

节日期间所进行的各种文化娱乐活动可以说是"人"的狂欢。人类的喜悦与情绪得到了强烈的释放，诸如踩高跷、办灯会、要龙灯、曲水流觞、荡秋千、划龙舟、放风筝等活动，其初衷虽是为了悦神，但后来逐渐发展为悦"己"。

三是，节日是饮食文化的精华，是中国古代烹调技术的集中表现。民以食为天，作为日常生活的主要内容——"吃"这一关键词在节日中的体现可谓淋漓尽致、丰富多彩。节日饮食，既是人们改善物质生活的需要，也是人们对饮食文化的创造。节日饮食更以一种仪式感将自然时序、特定仪式与饮食联系起来。

中国的节日文化，涉及的领域也很宽泛，举凡生产活动、衣食住行、人生礼仪、天文气象、宗教信仰、文化娱乐等。

在这里，我们不妨以时间为序，将中国的节日作一解析，尤其是那些已经基本消亡的节日。

春

春，一年四季之首。此时自然界中春日景和，万物复苏，到处生机勃勃，正是农忙季节。春季同时也是一年中节日最多的季节，表达了人们一种强烈的愿望：祈求生产丰收、人类自身康泰平安、多福多寿、人丁兴旺。

人们以巨大的热情、辛勤的劳动，迎接美好的春天。同时也创造了许多节日，如春节、人胜节、立春节、元宵节、中和节、上巳节和清明节。其中一年中最盛大的节日——春节、热闹的元宵节、祭祀祖先的清明节等都显示了其旺盛的生命力，我国从2008年起开始增加的公休假日中就包括传统的中国节日除夕、清明、中秋等假日，就是明证。而有些节日则随着岁月的变迁逐渐消失了，如人胜节、中和节和上巳。

农历正月初一为春节的开始，或称为元旦。这是一年中的第一天，又称为元日、元辰、端日，这有别于我们现在所说的"元旦"即公历的新年。近代使用公历后，将公历的一月一日称为新年，定为元旦，而称农历的正月初一为春节。春节是中国最大的传统节日。但是春节不仅是一天，而是若干时日，一般都到初五，有的地方要过到正月十五，甚至到正月底，活动也极其丰富。

春节必须祭祖，缅怀自己的祖先，激励后人。正月初一要把祖先牌位供在正厅，或者挂有象征祖先的"神马"剪纸，摆上供品、蜡烛、香等物。除在中堂、祠堂祭祖外，也有上坟祭祖的，俗称墓祭，主要是坟地烧香、上供、叩拜，近代一般是到亲人的墓地祭拜。祭祖以后，根据历书所示吉利方向，点燃灯笼、奉香鸣爆竹，开门出行，摆上供品，迎接喜神。接着人们向喜神方面走去，遇庙烧香叩拜，祈求一年的吉利。

爆竹有悠久的历史，原来以竹节置火中烧烤而爆出巨响，用于驱鬼避邪。爆竹起源于避邪驱鬼，后来又增加了除旧年，卜来岁等巫术意义，甚至成为祈求平安的象征。

春节最突出的特点之一，就是拜年，又称走春、探春。过去如果主人亲戚朋友多，拜不过来，就由仆人送名片，或送福字。春节并不限于正月初一这一天，其实包括正月里的很多活动。在湖南、江西交界的万石山地区，初一要到井里打水，沏茶上香，过敬水节。

初二，一般是出嫁女儿的归宁日，与双亲、兄弟姐妹团聚。最突出的是迎财神，每家每户粘贴招财进宝图。晚上家家户户放灯。在浙江宁波地区，初二又称为财神节，人人沐浴更衣，在房内供奉关公和财神像，以丰硕供品献之，且喝财神酒。

初三也有不少活动。杭州地区宅旁有井的人家，早晨拿香烛，素菜供于井栏，并将井上除夕时所封的红纸揭去，名曰"开井"。台湾地区居民认为初三是小年，又是"赤狗日"，一般不出门不请客。当地民间传说初三晚上是老鼠结婚日，所以深夜不点灯，在地上撒米、盐，人要早上床，不影响老鼠的喜事。从表面上看来，这是庆祝老鼠的喜事，祈求老鼠子孙繁衍。其实恰恰相反，它是利用老鼠嫁女的巫术，把老鼠送出去，以免老鼠在家为非作歹。本来老鼠是害人的，平时人们以捕鼠为要事，此时忌鼠则是民间认为通过这些活动可以防止鼠害。

初四是迎神日。诸神要下凡，但接神必须在午后。供品有香、食品、水果，放爆竹、烧神马、天兵，象征请神，然后诸神骑神马下凡。

初六为送穷日。送穷是重要的节日活动，唐代诗人姚合有一首《晦日送穷三首》，其中一首曰："年年到此时，沥洒拜街中。万户前家看，无人不送穷。"豫西地区正月初五送穷，由家长主持，把自初一堆积的垃圾送往村外，口中要念叨："穷，穷，穷，你走吧，俺家没钱难打发！"并从麦田中抓几把土，撒到院内，称"迎富贵"。

初七为人胜节，或人日。民间有一个传说，人和动物都有自己的生日，正月初一是鸡的生日，初二是狗的生日，初三是羊的生日，初四是猪的生日，初五是牛的生日，初六是马的生日，初七是人的生日，初八是谷的生日。这种传说在汉代就已经有了记载。东方朔在《占书》："岁正月一日占鸡，二日占犬，三日占豕，四日占羊，五日占牛，六是占马，七日占人。"基本内容相同，可能是一种动物崇拜的遗风，赐予每种动物一个诞生神话，从而产生人的生日——人胜节，并产生了十二生肖信仰，并以此计时。此外，各地民间还流行着生命树剪纸，是以树为保护巫术，祈求儿童健壮生长。对于祖先神的崇拜，也是人类繁衍、生儿育女的愿望。

在民俗中也有反映，《荆楚岁时记》："正月七日为人日，以七种菜为羹，剪彩为人，或镂金箔为人，以贴屏风，亦戴之头鬓。又造华胜以相遗。"其中的七菜羹可以祛病、健身，亲求人口平安，剪纸或金箔纸人，则具有求子的目的。民间谚语："七日贴人于帐"，在中国各地有许多关于生育内容的剪纸，如陕西的宝葫芦，陇东的生命树、寿花，山东的招魂娃娃，甘肃的双狗抓髻娃娃。由于人胜节在春节期间，当地也贴不少求子年画，如麒麟送子，兰房生贵子，江苏地区还泥塑大阿福，这些都属于祈求人类繁衍的巫术活动。

初八也是一个重要的日子。民间信仰认为每人都有一个星宿值年，一年的命运，都掌握在该星之手。初八群星聚会，因此要拜星君。晚上点灯，上供，然后散花灯。湖南、湖北地区视初八为"谷日"。北京的居民习惯到白云观参拜星君，逛庙会时，观花会，购玩具，买节日食品。有些地方还在初八踏青。在内蒙古、山西等地称初八为敬八仙节。

春节既是祭神日，又是一个娱乐活动最多的日子。古代流行的玩具和游戏很多，如百戏、六博、投壶、猴戏、鱼戏、高跷、弄丸、踢球、木偶戏、打陀螺、骑竹马、老鹰抓小鸡、藏钩戏、杂技、玩纸牌。近代还有投骰子、推牌九、麻将牌、四色牌、掷小谣儿、升官图,卧游山湖等。春节在少数民族中也很流行。综观春节活动,都是辞旧迎新,祈求更美好的生活,包括人丁兴旺,五谷丰登。

句芒神与鞭春牛

句芒神。句芒为春神,即草木神和生命神。《山海经·海外东经》:"东方句芒,鸟身人面,乘两龙。"郭璞注:"木神也,方面素服。"句芒的形象是人面鸟身,执规矩,主春事。在周代就有设东堂迎春之事,说明祭祀句芒神由来已久。

浙江地区立春前一日有迎春之举,立春前一日抬着句芒神出城上山,同时又祭太岁,故曰"太岁上山"。太岁为值岁之神,坐守当年,主管当年之休咎,因此民间也多祭之。迎神时多举行有大班鼓吹、抬阁、地戏、秧歌、打牛等活动。句芒神的塑像从乡村抬进城后,人们夹道聚观、争掷五谷,谓之看迎春。在山东迎春祭句芒时,根据句芒的服饰预告当年的气候状况:戴帽则示春暖,光头则示春寒,穿鞋则示春雨多,赤脚则示春雨少。其他地区则贴"春风得意"等年画,广州地区则在立春前后,击鼓驱疫,祈求平安。

《燕京岁时记·立春》:"打春即立春,在正月者居多,立春先一日,顺天府官员在东直门外一里春场迎春。立春日,礼部呈进春山宝座,顺天府呈春牛图,礼毕回署,引春牛而击之,曰打春。是日,富家多食春饼,妇女等多买萝卜而食之,曰咬春。谓可以却春困也。"迎春设春官,该职由乞丐担任,或者又娼妓充当,并预告立春之时。过去在每年的皇历上都有芒神、春牛图,清末《点石斋画报》上的"龟子报春"、"铜鼓驱疫",都是当时过立春日的重要活动。

鞭春牛,又称鞭土牛,起源较早。《周礼·月令》:"出土牛以送寒气。"后来一直保存下来,但改在春天,盛行在唐、宋两代,尤其是宋仁宗颁布《土牛经》后使鞭土牛的风俗传播更广,为民俗文化的重要内容。鞭春牛的意义,不限于送寒气,促春耕,也有一定的巫术意义。山东民间要把土牛打碎,人们争抢春牛土,谓之抢春,以抢得牛头为吉利,另外还有采茶祭春牛活动,湖北地区还举行龟子报春的活动。皇历上有春牛图外,各地年画中也普遍刻印春牛图,作为春节期间的吉祥图。

"年年春打六九头,烟火爆竹放未休。五彩旌旗喧锣鼓,围看府尹鞭春牛。"《清嘉录》载:"先立春一日,郡守率僚属迎春娄门外柳仙堂,鸣驺清路,盛设羽仪,前列社夥,殿以春牛。观者如市。"明周希曜《宝安春色篇》:"掀天爆声彻夜闹,沸地歌喉板敲檀。春牛高拥巡陌上,瑞麟婆娑影盘桓。"袁宏道有《迎春歌》,证明迎春仪式已经演化为一种盛大的歌舞活动。明代鞭春牛,还有麒麟搭配,清代年画,更画出大象和春牛作伴,取意"万象更新"。

浙江地区迎春牛有其特点。迎春牛时,依次向春牛叩头。拜毕,百姓一拥而上,将春牛弄碎,抢春牛泥土回家,撒在牛栏内。由此看出,鞭春牛还是一种繁殖巫术,即经过迎春的春牛上,撒在牛栏里就可以促进牛的繁殖。

民间在立春前后多贴"牛马平安"、"出门平安"等吉祥语,或者进行立春之后人们就开始春耕,如备种子、

修农具、送粪肥等。与此同时,对耕牛尤其重视,除了要用好草料精心饲养外,还借助民间信仰,祈求牛马平安。

元宵节

元宵节又名上元节,元夕节、灯节。该日为满月,即"望"日,象征团圆、美满。元宵节的起源很古老,可以源于远古人类在过节时以火把驱邪。这一节日还要祭祀天神或太一神。《史记·乐书》:"汉家常以正月上辛祠太一甘泉,以昏时夜祀,至明而终。"由于是夜里进行,后来演变成元宵节。东汉时期佛教传入,统治阶级提倡在上元之夜"燃灯敬佛",元宵节又有了新的含义。因为道教有"三元"之说,三官大帝中的上元天官、火官就是在正月十五诞生的,所以元宵节又名上元节。山东民间正月十五要举行火神祭,也是来源于此。

"火树银花不夜天,游人元宵多流连。灯山星桥笙歌满,金吾放禁任狂欢。"正月十五日是一年中第一个月圆之夜,故称"元(月)宵(夜)"。道家以正月十五日为上元节。早在汉代已有庆贺元宵之俗,至唐规模更为盛大。苏味道的《正月十五日夜》诗:"火树银花合,星桥铁锁开。暗尘随马去,明月逐人来。游伎皆秾李,行歌尽落梅。金吾不禁夜,玉漏莫相催。"成为

元宵诗经典之作。唐睿宗时元夕作灯树高二十丈，燃灯五万盏，号为"火树"。"金吾不禁夜"是说京城破例取消夜间戒严，允许市民逛灯三整夜，又称"放灯"。

元宵节原是一种宗教性的节日，主祭祀太一神。所谓太一神就是太乙神，又称天神。道教称太乙真君。同时也祭祀其他的神。例如祭祀门神、祭祀床神。床神又名床公、床母。《清嘉录》："杭俗祭床神以上元之后一日，品用煎饼。"

还有的地方要祭紫姑神，也称为厕神，坑三姑娘。山东有一种"拉七姐"活动，就是祭祀紫姑仪式的。祭祀紫姑是妇女的专职，目的是占卜、求吉，祈求蚕业丰收。

元宵之夜请紫姑，保佑吉祥赐安福。
终归女儿同情意，焉辨荒唐事有无。
——《请紫姑神》

刘向《异苑》载："紫姑本人家妾，为大妇所妒。正月十五日感激而死。故世人作其形迎之，祝云：'子胥不在(云是其婿)，曹夫人已行(云是其大妇)，小姑可出。'于猪栏边或厕边迎之，捉之觉重，是神来也。"后来成为传说：唐代寿阳刺史李景，纳何媚为妾；为大妇曹氏所嫉。正月十五日夜，杀何于厕中。天帝悯之，命何为厕神。《荆楚岁时记》："其夕迎紫姑，以卜将来蚕桑，并占众事。"故民间每于正月十五夜用畚箕为架，以扶乩形式迎接她降临，请她保佑蚕桑丰收，人畜平安。

陆游曾有诗讥之："孟春百草灵，古俗迎紫姑。厨中取竹箕，冒以妇裙襦。竖子夹扶持，插笔祝其书。俄若有物凭，对答不须臾。岂必考中否，一笑聊相娱。诗章亦间作，酒食随所须。兴阑忽辞去，谁能执其袪。持箕畀灶婢，弃笔卧墙隅。几席亦已彻，狼藉果与蔬。纷纷竟何益，人鬼均一愚。"虽多有迷信成分，实则含有对旧社会不幸妇女的深刻同情，并希望她有保护善良人们的神力。

观灯，中国有不少节日有观灯活动，但以元宵节为最。一般都是从十三日"上灯"开始，十四日为"试灯"，十五日为"正灯"，十八日为"落灯"。隋代时期灯节极盛，唐魏征《隋书·音乐志》："每当正月，万国来朝，留至十五日于端门，外建国门内，绵亘八里，列为戏场，百官起棚夹路，从昏至旦，但从观之，至晦而罢。"到了南宋，还增加了灯谜。

明代灯火也极为流行。如秦淮河一次放灯就有一万多只。清代的京师放灯最为壮观，还举行赛灯活动。南方则举行水上灯会,各地的灯火各有千秋,地方特色突出,吃元宵是元宵节的一个特点,也是元宵节的饮食风俗。元宵俗称汤圆,传说起源于春秋末期,唐代称为面茧、圆不落泥。宋代称为圆子、团子。元宵的作用,本为节日食品,但是又为敬神之物,后来又取其外形圆,而有"团团圆圆"之意。

元宵节虽然有祀神、驱疫等活动,但最终目的不外乎祈求五谷丰登、人畜两旺。首先是祈求农业、蚕事丰收。湖南宁乡在元宵节期间有焚田活动,又称烧元宵。此时,农民高呼口号:"正月十五元宵节,害虫蚂蚁高山歇,嘿!"

元宵节的起源与农事有关,即农家的照田蚕。元宵之夜,农家在竹竿上挂一盏灯笼,然后插在田间,表面看是根据光的颜色预测农作物丰歉,实际是以光驱虫、驱灾,盼望丰收。其次是求子,在元宵节期间,各地都有许多求子活动,如送灯求子,偷生菜求子,拜桥梁求子,走桥求子,拜石狮求子等。

中和节,又名二月二日"龙抬头"。这是一个古老的节日,现在已经淡出了人们的生活,这一节日最早是唐德宗李适在贞元五年(789)所制定的,不过由来已久,可源自人们对太阳、土地等的崇拜和祭祀。在制定节日内容时,从春分活动中吸取了祭日的内容,充实了中和节,于是中和节与春分混而难分。《帝京景物略》卷二:"二月二日曰龙抬头,煎元旦祭余饼,熏床炕,曰'熏虫儿',谓引龙,虫不出也。"中和节后,春回大地,草木复生,各种虫子复活,因此有"龙抬头"之说。

太阳神,又称为日神。这是最古老的自然崇拜之一。土地神诞,中和节也祭土地神。土地神即古代社神,也是自然崇拜之一。清让廉:《春明岁时琐记·二月》"二日为土地真君生辰,城内外土地神庙,香火不绝,游人亦众,又有放花盆灯,香贡献以酬神者,俗谓此日为'龙抬头'。此日饭食皆以龙名,如饼谓之龙饼,饭谓之龙子,面条为龙须面,扁食为龙牙之类。"

春社:在立春后的第五个戊日为社日,即春社。该日农村杀牲祭神,耍社火,有高跷、旱船、竹马、秧歌、舞龙、踢毽等民间娱乐活动。旧时有钱人家则成群接伙去郊外,欣赏梅花,或者到湖里划船,俗称荡湖船。立春之后,开始进入农忙时期,要修农具,植树木,开始春猎。民间在立春后第五个戊日,即为春分,而常常把春分视为社日,期间供奉土地神,五谷神,吃社饭,喝社酒,这是古代村社居民在祭祀土地神时共食的遗风。

在祭土地神的前后，历代朝廷都祭神农，皇帝还是亲自举行躬耕仪式。所谓神农，主要指炎帝，也有祭后土的，后土为社稷，又称为田神。祭祀神农时，皇帝要亲自祭祀，举行躬耕仪式，以便倡导农业生产，所以北京的先农坛规模很大。祭祀神农时，多在缺雨的春天，所以也祭龙王祈求降雨。

"引龙回"有两种目的：一是请龙回来，兴云播雨，祈求农业丰收。二是龙是百虫之神，龙来了，百虫就躲起来，这对人体健康、农作物生长都是有益的。江南南通地区在民间在二月二用面粉制作寿桃、五畜，蒸熟后插在竹签上。晚上再插到坟地、田间，认为这是供百虫之神和祭祀祖先的食品，祈求祖先驱除虫灾，也希望百虫之神不要危害庄稼。同时，为了农业丰收，需要充足的阳光、肥沃的土地，也需要雨水的浇灌。因此，祈求雨水成为中和节的重要内容。与此同时，还要玩龙戏，此举是将祭龙与求雨熔于一炉。

上巳节，又名三月三，是一种古老的节日。《周礼·月令》："仲春之月……是月也，玄鸟至，至之日以太牢祠于高禖，天子亲往，后妃率嫔御，乃礼天子所御，带以弓韣，授以弓矢，于高禖之前。"

在上巳节，最主要的活动是祭祀高禖，即管理婚姻和生育之神。禖同媒，最初的高禖，属女性，而且是成年女性，具有孕育状。起初，上巳节是一个巫教活动，通过祭祀高禖、会男女等活动，除灾避邪，祈求生育。从这个意义上，上巳节又是一个求偶节、求育节。汉代以后，上巳节虽然仍旧是全民求子的宗教节日，并且传说三月三是西王母的生日，但已是贵族炫耀财富和游春娱乐的盛会。

蟠桃会，道教兴起后，认为三月三为西王母的蟠桃会之日。《京都风俗志》："三月三日，相传为西王母蟠桃会之期，东便门内太平宫，俗称蟠桃宫。所居羽士，修建佛寺，自初一至初三居市，士女拈香，游人甚众。"拜西王母在全国普遍盛行，但其他地方也有祭其他神求子的风俗，如扬州拜三茅真君。温州则在三月三供无常鬼，祈求健康，多生贵子。厦门有石头狮会，成都有抛童子会。在抛童子会上，谁抢到童子，谁就能生子，故抢到童子的人被视为英雄。山东齐河不育妇女，在三月三要去娘娘庙烧香叩拜，主持赐给一根红线，求育者用红线拴住一个泥娃娃，象征娘娘神赐子，生子后把泥娃娃放在墙洞里，每年的三月三都要给娘娘烧香上供。

沐浴，当时人们认为上巳节的沐

浴可以治疗不育症,久而久之,相沿成习,沐浴也变成上巳节的重要内容。

上巳节的曲水流觞

在上巳节的游戏中,临水浮卵、水上浮枣和曲水流觞等三种有趣的游戏有着类似的玩法,都是借助流水来进行位次的决定,或游戏或饮酒。曲水流觞,《荆楚岁时记》:"三月三日,士民并出江渚池沼间,临清流,为流杯曲水之饮。"王羲之《兰亭集序》中说:"又有清流激湍,映带左右,引以为流觞曲水。"而《兰亭集序》又为曲水流觞的风雅增添了独步千古的书卷气与潇洒风神。

在这三种水上活动中,以临水浮卵最为古老。它是将煮熟的鸡蛋,放在水中,任起浮移,谁拾到谁食之。水上浮枣和曲水流觞则是由临水浮卵演变来的。不过,这是一种比较文明的孕育巫术。曲水流觞和临水饮宴则是这种巫术的演变,成为文人雅士的娱乐活动。

在上巳节中还有一种奇特的风俗,"会男女"。这种节日中的野合,由来已久,本来自氏族时期的季节性婚配——野合群婚,后来也有残存,如广西江崖图,成都汉墓画像砖上都有男女野合图。后来的记载也多见此俗,在我国少数民俗地区有不少会男女的风俗。

上巳节作为节日已经逐渐被淘汰了,但各地还有类似风俗。虽然主要是祈求人类繁衍,但是古代信仰认为人的繁衍也能促进农作物的繁衍,反映出农业社会对繁衍、生育、丰收的渴求。

清明与寒食

清明节与七月十五、十月十五合成三冥节,都与祭祀鬼神有关。清明本是节气之一,但是,由于它在一年季节变化中占有特殊的地位,加上祭祖、寒食节又并入其中,清明成为一个重要的节日。

寒食节,又称冷节,禁烟节。到了唐代,寒食节和清明节合而为一,寒食变成清明节的一部分。唐诗《寒食》:"春城无处不飞花,寒食东风御柳斜。日暮汉宫传蜡烛,轻烟散入五侯家。"也是描述了寒食在宫闱之中的情景。节令饮食是大麦粥、枣糕、馓子。寒食节期间,各地多有扫墓祭祖活动。当天还以面粉、枣泥制成饼,称为子推饼,捏成燕子形,以柳条吊在门口,作为怀念介子推的象征。

清明的主要活动是祭祖扫墓,这种风俗起源极其古老,可能是随着对祖先成败的出现而产生的,又为历代所继承和发展。

清明祭祖有两种形式：一种是在家或祠堂祭祖。汉族自古以来即有祭祖仪式，古代称合祭，指在祠堂或太庙中祭祀远近祖先。另一种是上坟、扫墓，又称墓祭。墓祭主要有两项活动：一是为死者烧香、上供，其中必烧纸。这种纸是特制的，又称光明钱，往生钱，是送给鬼或死人的钱，以便死者在冥间使用。其实，最初献给死者的是生活所需的实物，货币流行后才给死者献纸币。宋高菊卿有诗云："南北山头多墓田，清明祭扫各纷然。纸灰飞作白蝴蝶，泪血染成红杜鹃。"正是描绘这一清明祭祖的情景。

除了祭祖和扫墓外，人们对野鬼孤魂尤为畏惧。因而在扫墓之际，也分出一部分食品、酒和纸钱，给孤魂一定的安慰，防止他们抢夺祖先的供品，也防止孤魂干扰活人的生活。所谓放河灯，就是祭野鬼孤魂的形式之一。

祭祖扫墓的作用是强调家庭、宗族内的血缘关系，加强团结、炫耀祖先的功德，以利今后家庭的发展。谚语说："清明无客不思家。"，这种感情不仅是为了祭祖，也是家庭宗族内凝聚力的反映。

夏

夏季气候温暖多雨，逐渐炎热，农业活动主要是田间管理，重在夏耘，

江南人的生活历来讲究附庸风雅，在家莳花种草是很多人的喜好

还有采桑养蚕，纺纱织布。夏季节日也不少，主要有浴佛节、端午节、天贶节，夏至节。这些节日的特点是宗教色彩浓厚，祭祀和巫术活动频繁。人们通过这些节日活动，祈求人畜平安，农业丰收，度过多瘟疫的夏天。同时由于气候炎热，农村进入农闲，饮食文化讲究滋补身体，防暑防病。

沐佛节

四月八日又名浴佛节、佛诞节、龙华会，这是佛教传入中国后兴起的宗

教节日，但是又有中国传统文化的特点，其中的浴佛、斋会、结缘、放生和求子在过去广为流行。

相传四月八日为释迦牟尼的生日，此时僧尼皆香花灯烛，置铜佛像于水中，进行浴佛，一般民众则争舍钱财，放生、求子、祈求佛祖保佑，出现各种庙会。斋会，又名吃斋会、善会，由僧家召集，请善男信女在四月八日赴会，念佛经，佛生日、吃斋。

在浴佛节期间，人们要讨浴佛水。宋《东京梦华录》中说："四月八日，佛生日，十大禅院各有浴佛斋会，煎香药糖水相遗，名曰'浴佛水'。"在浴佛节中还有一种"结缘"活动。它是以施舍的方式，祈求结来世之缘。民间舍豆结缘，寺院、宫廷也不例外。《清稗类钞》中说："四月初八为浴佛节，宫中煮青豆，分赐宫女内监及内廷大臣，谓之吃缘豆。"

放生，佛教主张不杀生，在浴佛节则流行放生习俗。放生来源较早，清代北京的放生活动十分活跃。《燕京杂记》："南城悯忠寺，岁之四月八日，为放生发会。豪商妇女，显富妻妾，凝妆艳服，蜂屯蚁集，轻薄少年，如作狭邪之游。车击毂，人摩肩。寺僧守门进者，索钱二百，否则拒之。"

四月八日，不限于浴佛，其实它是一个古老的节日，各地流行有不同的节日风俗。民间传说牛王为神仙，各地都在四月初八为牛过生日，称为牛王诞。浙江丽水有一种抢牛馒头风俗，也是祭牛的产物。牛是农民的宝贝，也是农耕的象征，因此把爱牛之心也带到节日里。江南许多地方为了纪念孙膑、庞涓斗智，过乌米饭节，后来演变为敬佛做乌米糕。天津过出鬼节，祭祀冤死亡魂。

求子，四月八虽为浴佛节，但是人们总是把自己的愿意表现在节日的活动中，求子就是一个突出的例子。各地拜观音求子者也不胜枚举。山东聊城地区有观音庙，神案前有许多小泥娃，有坐者，有爬者，有舞者，皆男性。四月八日者，不育妇女多去拜观音和送生娘娘，讨一个泥娃娃，以红线绳套住脖子，号称拴娃娃。有的还以水服下。认为这样能怀孕生子。泰山除供碧霞元君外，还盛行押子，即在树上押一石，拴红线，以求吉利得子。陕西延安有一个清凉山庙会，祈求龙王降雨。同时设铡关，十二岁以下孩童腰扎草绳，手抱公鸡，先从铡刀下扔过公鸡，接着自己爬过去，俗称过关，从此年年平安，标志成年。

端午节

端午，又名端阳、重午。过去比较通行的说法是楚国屈原五月五日投汩罗江。也有人认为该节是龙图腾的祭祀节日，或来源于夏至，或起源于恶日。还有人认为是纪念伍子胥投钱塘江，还有曹娥救父之说。类似的传说五花八门，端午节的起源可能为了祭祀水神或龙神而举行的仪式，后来各地又根据自己的历史文化，对端午节起源作了自己的解释，其中纪念屈原是比较流行的说法。

端午节是一个祭祀诸神的节日，其中有屈原、曹娥、蚕神、农神、张天师和钟馗之祭。曹娥是浙江地区五月五日祭祀的神灵之一。至今民间还流传有关历史传说。浙江建德地区认为白娘子盗仙草救了许仙，也救了百姓，所以当地端午节祭祀白娘子。

张天师也是端午节祭祀的神灵之一。《燕京岁时记·天师符》："每至端阳，市肆间用尺幅黄纸，盖以朱印，或绘画天师、钟馗之相，或绘五毒、符咒之形，悬而售之。都人士京相购买，贴之中门，以避祟恶。"

端午节的另一避邪之神是钟馗。是日各户都购买钟馗图，挂于门上驱鬼，各户之间也以赠送钟馗为荣。《清嘉录》卷五："朔日，人家以道院所贻天帅符，贴厅事以镇恶。"又称"堂中挂钟馗画图一月，以祛邪魅。"由此看出，钟馗既可打鬼，又可驱疫。古代早期就迷信钟馗，张天师、钟馗皆为道教历史人物，道教正是善于驱鬼降妖，而五月五日为毒月日，自然会把道教的神仙搬到节日中来，所以这是较晚兴起的信仰。

划龙舟，是端午节的重要活动，中国绝大多数地方在端午节都会进行"划龙舟"的活动。所谓龙舟，就是龙与船的结合，是一种以龙为标志的竞赛船只。划龙舟不仅在汉族地区流行。在少数民族地区也相当活跃，如壮族、傣族、苗族都有盛大的龙舟比赛，龙舟华丽，观者人山人海，颇有民族特色。

龙舟的特征表现在龙头、龙尾上，此外还有各种装饰，如舟上有神楼、神位、旗帜、彩灯、打鼓、铜锣等等。每逢端午节时，事先要修龙舟，训练水手，到节日进行龙舟比赛。比赛前，必须请龙、祭龙，然后进行竞渡。

划龙舟的主要目的：一是祈求农业丰收。《浙江通志》："清明居民各棹彩舟于溪上竞渡，宜田桑。"二是驱除瘟疫。《长沙府志》卷十四："端午……坊市造龙舟，竞渡夺标，俗以为禳疫。"有的地区还以龙舟送鬼，即驱邪避瘟疫。在广东民间流行一种纸符，书有"天升火官除百害，八卦水御灭凶灾。"，就是划龙舟时用的，目的是去灾求吉。

避五毒，民间信仰认为五月为毒月，初五又是毒日。有五毒，即蛇、蜈蚣、蝎子、壁虎、蟾蜍。此月多灾多难，必须采用各种方法预防，包括以服药和宗教手段来避五毒之害。为了对付五毒，在端午节要赐扇，小孩穿五毒裹肚、佩香囊、捕蛤蟆、贴端午符、沐浴兰汤等。

首先，佩戴避邪植物。起初是插菖蒲、艾虎。《燕京岁时记·菖蒲·艾子》："端午日用菖蒲、艾子插于门旁，以禳不祥，亦古者艾虎、蒲剑之遗意。"民间多自采自用，城里则有人沿街叫卖菖蒲、艾草。后来增加了石榴花、蒜头、龙船花，合称天中五端，可以五毒相克。

其次，端午节卖五虎花，佩挂护身灵物。《清嘉录》卷五："市人以金银丝制为繁缨、钟、铃诸状，骑人于虎，极精细，缀小钗，贯为串，或有用铜丝、金箔为之者，供妇女插鬓，又互相献赉，名曰健人。"这些饰物，又称香包，有些地区用雄黄酒在小孩额上划"王"字，取避邪之意。有些地方还专门缝制五毒衣、五毒背心，让小孩子穿上护身。此外，还有贴永安符、举行钟馗赛会。有关民间防五毒剪纸也有不少，如倒灾葫芦、艾虎菖蒲剑葫芦、老虎镇五毒等。

有些地方以五色丝系于臂上，称为长命缕、续命缕、五色缕等。其意源于我国古代的五行观念。另外，与古代南方人的文身之俗也有关联。

第三，游天坛风俗。这主要流行于旧北京地区。《帝京景物略》卷二："五月五日之午前，群入天坛，曰避毒也。过午后，走马坛之墙下。无江城系丝段黍俗，无竞渡耍。"此外还举行石榴花会。

这里着重说说采艾。采艾，要在鸡未鸣以前就出发，挑选最具人形的艾草带回去挂在门上，或是用来针灸。据说这种艾草，在针灸的时候别具疗效。一般人则将艾草扎成虎形，或是剪彩作为小虎，再粘贴艾叶于其上，在端午节时佩戴。除了采艾之外，也采菖蒲来泡酒。

在端午设置种种可驱邪的花草，来源亦久。最早的如挂艾草于门，《荆楚岁时记》："采艾以为人，悬门户上，以禳毒气。"这是由于艾为重要的药用植物，又可制艾绒治病，灸穴，又可驱虫。五月艾含艾油最多，（此时正值艾生长旺期）所以功效最好，人们也就争相采艾了。除采艾扎作人外，也将艾扎作虎形，称为艾虎。《荆楚岁时记》注文云："以艾为虎形，或剪彩为小虎，帖以艾叶内人争取戴之。"同时也在门上挂蒲束及葛蒲削的蒲剑，蒲束扎的蒲龙。《帝京岁时纪胜》："（端午）插蒲龙艾虎。"《清嘉录》卷五："戴蒲为剑，割蓬作鞭，副以桃梗蒜头，悬于床户，皆以却鬼。"与采药、采艾相联系的有斗百草等游戏，是古人往野外游艺之遗俗。后来发展成插花等装饰艺术。

桃梗是辟邪之吉物，蒜头被认为是象征武器铜锤，与蒲剑、蓬鞭相配，以赶却鬼祟。另外还焚烧艾蒿等以驱赶蚊蝇。在湖南、浙江等地则采葛藤挂于门相上，传说葛藤是锁鬼的铁链子，可驱鬼辟邪。

天贶节

天贶节，又称六月六，回娘家节，虫王节。六月六是一个小节，节日活动较少，主要是藏水、晒衣和晒经书。妇女回娘家，人畜洗浴、祈求晴天等活动。农历六月农闲期间，为女儿回娘家提供了方便条件，有民谚"六月六，请姑姑"。因此，妇女回娘家是天贶节的主要内容。此时，小孩也要跟母亲去姥姥家，归来时，在前额上印有红记，作为辟邪求福的标记。

晒书。正是因为有六月六降天书的传说，又传说当天是龙晒鳞的日子，天气晴朗，当时又处在盛夏，多雨易霉，这种多雨天对书籍、衣物都十分不利，因此只要遇到晴天就要进行曝晒。河南有首民谚："六月六晒龙衣，龙衣晒不干，连阴带晴四十五天。"此时，从佛寺、道观乃至平民家中，都有晒衣服、器具、书籍的风俗。《京都风俗志》："六月六日，佛寺有晒经者，自是出郭

游览者亦众，城外一二里，茶轩酒舍，上罩芦棚，下铺阔席、围遮密树、远护疏离，游人纳凉其中，皆盛有趣。"妇女在此日多洗头、把小狗、小猫等宠物轰下水洗澡。

六月间百虫滋生，尤其是蝗虫等，对农业有很大威胁，古代蝗虫是最大的农业灾害之一，六月六也被认为是虫王节，是民间的虫王节日。人们一方面积极捕蝗，如利用火烧、以网捕捉、用土掩埋，众人围扑等方法，尽力消灭蝗虫；另一方面则祭祀虫王，如青苗神、刘猛将军、蝗螟太尉等，都是各地供奉的虫主神为了祈求人畜平安，生产丰收。

夏至

二十四节气中的夏至，是北半球一年中白天最长的日子，为夏季开始，其后白昼渐短。古人认为这时阳气至极，阴气始至，由于夏至的这些特点，被视为节日。

夏至作为节日，纳入了古代祭神礼典。《周礼·春官·神仕》说，"以夏日至致地示物魅。"即在夏至那天，召致地示物魅来祭祀他们，认为如此可消除国中的疫疠、荒年与人民的饥饿死亡。此俗也见于汉朝的制度，《史记·封禅书》说："夏日至，祭地祗。皆用乐舞，而神乃可得而礼也。"汉以

后历朝多有实行夏至祭地典礼的。宋代官员还放假三天。关于这个节日，宋人周遵道在《豹隐纪谈》载有"夏至九九歌"：

夏至后，

一九二九，扇子不离手。

三九二十七，吃茶如蜜汁。

四九三十六，争向路头宿。

五九四十五，树头秋叶舞。

六九五十四，乘凉不入寺。

七九六十三，入眠寻被单。

八九七十二，被单添夹被。

九九八十一，家家打炭墼。

这与我们熟悉的严寒数九歌相呼应，都是先民们对自然的体察与总结。

在这安然的数九声中，日子一天一天过去，寒来暑往，一年又是一年，平安喜乐间，日子从夏走向了冬。

夏至，时值麦收，自古以来有在此时庆祝丰收祭祀祖先之俗。民间开始偷闲消夏，注意饮食补养，官府也停止办公事。江苏夏令饮食有三鲜：地上三鲜为苋菜、蚕豆和杏仁，树上三鲜为樱桃、梅子和香椿。古代的斗茶、凉汤都是极好的防暑品。苏州立夏节喝"七家茶"，小孩要吃"猫狗饭"。同时，多饮食凉粉、酸梅汤，服用冰块。另外民间有"冬至馄饨夏至面"的说法。吃面条也是夏至食俗，夏至食俗往往同减轻炎热有关。夏至过后，炎热的天气使防暑成为主要的生活内容，除了在饮食上注意之外，还要利用防暑工具，例如有雨伞、扇子、凉帽、凉席、竹夫人等。此外，人们也喜欢在夏天里游泳、妇女儿童戏水、养金鱼、叉鱼、钓鳖、捕蛙、捉鱼、捉鳝鱼、夏猎等活动。

秋

秋季，是收获的季节，有很多是围绕农忙并在夜间进行，增加了秋夜的很多浪漫色彩，如乞巧节、中秋节等。由于是收获季节，节日饮食比较丰富，月饼是最有特点的节日食品。节日活动也很丰富，主要有乞巧、赏月、观菊、登高、放风筝等。

七夕乞巧

《古诗十九首》中优美而抒情的诗句："迢迢牵牛星，皎皎河汉女。纤纤擢素手，札札弄机杼。终日不成章，泣涕零如雨。河汉清且浅，相去复几许。盈盈一水间，脉脉不得语。"浪漫而忧伤的想象一对有情人两地相思的境况，不难看出，七夕源于先人对自然的观察与想象，当时人们视牛郎、织女星为神，后来人们加以想象，根据人类的社会模式，把牛郎织女想象成一对不幸的婚姻关系。

在七夕，士人多拜魁星、魁星爷，认为该神主仕途，有时也拜"五文昌"，包括魁星、文昌、朱衣神君、吕洞宾、关公，祈求五子夺魁、状元及第、马上封侯。而对于女性而言，七夕又是个富有智慧和巧思的节日。七夕，又名乞巧节。除了祭祀牛郎织女外，当夜还置香案、供瓜果。入夜则听"天雨"。同时，妇女们乞求智巧，预卜自己的未来命运。

在江南，节日中还要搭彩楼，妇女互送彩线。这些活动，明显反映了广大妇女对生活的淳朴挚爱的美好追求。供瓜果，栽种豆苗、青葱，在七夕之夜各家女子都手端一碗清水，剪豆苗、青葱，放入水中，用看月下投物之影来占卜拙巧之命。还举行剪窗花比巧手的表演活动。

传说，七夕节的露水是牛郎织女相会时的眼泪，如果抹在眼上和手上，可使人眼明手巧，所以流行用脸盆接露水的习俗。有的地区，浮针占卜，针头、尾、中间分别代表少年、中年和老年，依影粗细判断一生美满与否。民间有一首乞巧歌："乞手巧，乞貌巧，乞心通，乞颜容。乞我爹娘千百岁，乞我姊妹千万年，"也道出了七夕乞巧时妇女们美好的愿望。

七夕种生，一种求育巫术。即在节日前，用若干种植物，如小麦、绿豆、小豆、豌豆等，防在器皿中浸水，生芽数寸后，于七夕日时用红蓝彩线束扎起来，作为一种得子得福的象征。另外，还有用蜡塑成各种形象物，放在水上浮游。这都是取悦于神祈求得子的巫术。

中元节

中元节，本为鬼节，又称七月半。这是一个祭祖的节日，并派生出不少神话传说。民间信仰认为，阴间是由地官大帝管辖的，每年农历七月十五为地官大帝的生日，要打开阴间或地狱之门，这样祖先、鬼魂都会来到人间，从而形成祭祖节。祭祖不仅是一种缅怀祖先的仪式，人们还通过祭祖祈求五谷丰登。

祭祖有两种内容：一是在家中或在祠堂内祭祀，称为家祭；二是墓祭，即赴墓地祭祀已故的先人。一方面是在家内或祠堂为祖先烧香、上供，合家叩拜祖先。福建畲族在祭祖时，还挂出"祖图"，这是叙述该族图腾及姓氏演变历史的长卷画。人们在祭祖的活动中，要重温祖先业绩，对族人进行族规，风俗教育。另一方面是上坟，包括为坟墓添土、烧香，上供、压钱等。

盂兰盆会，"盂兰盆"为天竺语，意为"解救倒悬"，传说中释迦弟子目连见其母在地狱中倒悬，求佛超度，释迦要他在七月十五日备百味果食，供养十方僧众，使其母解脱，于是形成盂兰盆会。

放河灯：七月十五还有一项重要活动，就是放河灯。起初放河灯是由寺院兴起的，后来传入民间。清初放河灯是很壮观的。《京都风俗志》：

七月十五日为中元节，俗传地官赦罪之辰，人家上坟奠生人，如清明仪、僧家建盂兰盆会，诵经斋醮，焚化纸船，谓之"法船"，认为渡出冥孤独之魂。市中买各种花灯，皆以纸作莲瓣攒成，总谓之莲花灯，亦有卖带梗荷叶者，谓之荷叶灯。晚间，小儿三五成群，各举莲花荷叶之灯，绕巷高声云："莲花灯、莲花灯，今天点了明天扔。"

或以短香遍粘蒿上，或以大茄满插短香，谓之蒿子灯、茄子灯名目。此燃香之灯，于暗处如万点萤光，千里鬼火，亦可观之。

江苏吴江有一放水灯节，就是江南放河灯的盛会。放河灯是一种宗教仪式，目的是"渡出冥孤独之魂"，也是一种驱鬼活动。它以斋孤、普度的形式，使孤鬼、野鬼有一种安慰，以免扰乱活人，保证祭祖的正常进行。

除了祭祀家庭祖先之外，对于野鬼、孤魂、煞神也给予一定关照，烧煞神钱，否则认为他们会给人们带来麻烦。江浙地区每逢七月十五沿街设案，搭成孤鬼台，挂旗设案，供有孤鬼牌位,供品有三牲、鲜果、菜、酒,请道士作法,晚上放河灯。在有些农村还清除路边杂草,以便让野鬼通行无阻,称为"祭孤魂"。

中秋节

月亮是我们的良伴,中秋就是关于月亮的节日。中秋赏月在唐代就已经很流行。民间视月为神,称月神、月姑、月宫娘娘。或称月神为嫦娥。过去祭月,都把月神纸马烧掉,其中包括纸马上的月宫、玉兔。后来为了给孩童留下一种记忆,一种玩具,从明末开始,人们有塑造了一种泥塑——兔爷。兔爷一经出现,就成为儿童喜闻乐见的玩具,也成为中秋节的一种文化符号。

拜月的方式很多,或者向月跪拜,或供月光神马,还有以木雕月姑为偶像者,但都是把神像供在或挂在月出的方向,设几案摆供品。北方多供梨、苹果、葡萄、毛豆、鸡冠花、西瓜,南方则供柚子、芋头、香蕉、柿子、菱角、花生、藕等。当月亮升起来后,烧头香,妇女先拜,儿童次拜。

谚语云:"男不拜月,女不祭灶。"拜月后,烧月光神马、撒供、祭拜者可分食供品。《中华全国风俗志·江苏》:"中秋夜,妇女盛装出游,互相往还,或随喜尼庵,鸡声喔喔,犹婆娑月下,谓之走月

亮。"当天晚上老人还给儿童们讲有关月亮的故事,如嫦娥奔月,玉兔捣药、吴刚砍桂树,唐王游月宫等。由于月神属女性,自然主宰人间婚姻。民间称媒人为"月老",即来源于月神信仰。

月饼。吃月饼的意义,一般都认为是取团圆之意,象征合家团圆。但是就原来的意义来说,可能是拜月的供品和人们的节日食品。由于人们在节日中强调血缘家族团圆,后来月饼才兼有团圆饼的意义。

送瓜。中秋之日,也是求子的良机。葫芦多子,象征多子多孕,所以葫芦是求子的吉祥物。民间常常还把葫芦挂在床上,作为求子象征。更普遍的求子方法是中秋送瓜求子。民间也常在中秋节贴"麒麟送子"等剪纸。

中秋节秋高气爽,人们在节日期间有许多活动。首先是夜晚赏月、赏莲、划船串月,妇女也栽花、戴花,"愿花常好","愿月常圆。"其次,是斗蟋蟀,无论老幼都可参与,其中的"九子斗蟋蟀"具有求子之意。此外,还有歌舞、杂技等内容。人们聚会,娱乐,交换月饼,享受节日的快乐。

重阳节

重阳节,又名九月九,重九,茱萸节、菊花节。重阳节起源于秋游去灾风俗,后来才演变为重九节,并受道教一

定影响。中国以九为阳，故曰重阳节。

南朝梁吴均《续齐谐记·九月登高》："汝南桓景随费长房游学累年。长房谓之曰：'九月九日，汝家中当有灾，宜急去，令家人作绛囊，盛茱萸以系臂，登高，饮菊花酒，此祸可除。'景如言，齐家登山。夕还，见鸡犬牛羊，一时暴死。长房闻之曰：'此可代也。'今世九日登高饮酒，夫人带茱萸囊，盖始于此。"

登高是一种古老的活动，起源于狩猎活动，后来演变为娱乐活动。重阳节后就到霜降了，因此人们喜争先恐后地在霜降前上山采药材、挖野菜和狩猎，从而形成登高风俗。

茱萸是一种中草药，香味浓，有驱虫去湿，逐风邪作用，即消积食、治寒热。在头上插茱萸，在室内悬挂茱萸可避疫，在房前屋后种茱萸，也有除"祸害"之效。在井边种植茱萸，茱萸落在井水中，水也有去瘟病的作用。插茱萸的来源极为古老。汉刘歆《西京杂记》："九月九日佩茱萸食蓬饵，饮菊花酒，云令人长寿。菊花舒时并采茎叶，杂黍米酿之，至来年九月九日始熟，就饮焉，故谓之菊花酒。"赏菊是重阳节的活动之一。菊花不仅有观赏价值，也是重阳节的重要饮料。菊花酒就是一种节日饮料，并有延年益寿的效果。重阳节还举行迎神逐疫、大

老墙之秋

送船，迎经魁等活动，以示消灾祛疫。

目前，我国已经确认重阳节是老人节，这也是有着丰厚的民间传统的。其实民间很早就在重阳节期间供奉寿星、麻姑，认为这些神灵是长寿的保护神。民间姑娘外嫁，要在九月九回娘家，孝敬老人、双亲，这是其一；其二，重阳节为二九相逢，九和久同音，是长命象征，因此以重阳节为老人节，敬老节，寄予着人们美好的愿望。

冬

冬季气候寒冷，常降大雪，农事较少，是一个农闲季节。因此节日活动

比较多。特点是年丰之后对诸神的祭祀，对本年丰收的庆祝，又是对来年的祝福。节日饮食非常丰富，特别是腊八粥、灶糖、饺子、年糕等，具有重要节日饮食文化的色彩。

下元节

下元节，又称为十月十五日，基本是道教的节日，是道教的三元节之一。在近代民俗中，各地都有祭水官大帝，过下元节的风俗，各地都去三元庙举行祭祀活动。有些地区在下元节开始榨糖，感谢牛恩，或是到水田边祭水神，祈求农业丰收。

从文献记载看，下元节不能杀牲，忌判极刑。说明古代三元节的禁忌还是很严格的，甚至影响到政治、法律、经济生活的方方面面。下元节前后，天气已经寒冷，北方广大农村进入农闲，但还要砍柴、积薪、糊窗户，准备做过冬衣裳。同时，不少人家在此期间送嫁妆，为儿女婚亲，求子。在南方还处于农忙之时，开始收甘蔗、榨糖、煮糖。

冬至

冬至，又名冬节，大冬、亚岁。冬至节已经有相当悠久的历史。周代建制，以十一月为正。秦代沿其制，也以冬至为岁首，故把冬至视为过年，故有"冬至大如年"之说。汉代称冬至为冬节，官场互相庆贺。南北朝时仍称冬至为亚岁或岁首。

冬至节的主要活动是祭天、送寒衣、绘制九九消寒图。古代对天的信仰是比较突出的，特别是皇帝、君王自视为天神之子以后，天神地位上升到极点，因此遇事必告天，称为"郊祀"，因为在郊外祭祀而得名。原始信仰认为冬雪、夏霜、流星、彗星、日食、月食、水旱、红雨、地震等异常现象，全都是天神所为，也是天神对人世的惩罚。人们为了摆脱天神的惩罚，必须祭祀天神，祈求平安。因此历代王朝都举行隆重的祭天大典，把它列为国家的宗教祭祀活动之一。

在冬至节的活动中还有上坟烧纸、送寒衣等风俗。在江南一些地方有一种特殊的风俗，在黑夜把老人的朽棺烧掉，然后将遗骨移入陶瓮内，称当天为"棺材天"。这实际是一种扫墓活动，只是利用这个机会举行二次葬，由土葬改为瓮棺葬。送寒衣，就是为已故的祖先送去御寒的衣服。多为纸制衣服。

消寒图：冬至节以后，天气就进入"九天"了。经过八十一天才能迎来明媚的春天。

文字九九消寒图，该图由就个文字组成，通常是"亭前垂柳珍重待春

风（風）"，或者是"雁南飞（飛）柳芽茂便是春"，以上诸字都是九划，合起来共八十一划。一般是画或印在纸上的，每划都中空，以其计算时间，每过一天，就画一划，即在空心划上红色，所用笔画涂尽，皆全为红色字，就迎来了春天。

圆圈九九消寒图：即在一张纸上，印八十一个圆圈，旁边写好日期，每天划一圈，划尽即"出九"了。当天阴则涂上半圈，晴则涂下半圈，风天涂左半圈，下雨天涂右半圈，降雪则涂中央。

梅花九九消寒图：在白纸上画一枝梅花，共有九朵，每朵九瓣，共有八十一瓣，每天画一瓣，素梅变成红梅，就"出九"了。此外，还有鱼形消寒图、蒸气消寒图、泉纹消寒图、葫芦消寒图、四喜人消寒图等。这些九九消寒图，既是计算时间的日历，又是优美的装饰品，成为民间喜闻乐见的文化娱乐形式。

腊八节

又称腊日。古人在年末时，以猎物祭神灵，俗称腊祭。之后，传说释迦牟尼在这天悟道成佛，为此也称为成道节。但是腊八风俗由来已久，最初是祭祀祖先。后来与佛教相结合，才改变了腊八节的性质。

腊八节，又被称为佛祖成道的佛教节日。腊八粥意为佛粥。传说在佛教创始人释迦牟尼削发成僧以后，苦于修行，在饥饿困境中，有幸得到一位牧羊女的搭救，并用大米奶粥解救其饥困，才使其得以修道成佛。此后，佛门为了祭颂此事，就借助每年的腊八举行各式的浴佛活动，并施粥扬义。

吃腊八粥已经成为千家万户的习俗。今天的腊八粥和过去佛门熬的腊八粥相比，材料更为丰富，更加色美味香。同时还象征吉祥福寿，喜庆丰收。吃腊八粥，不仅成为民间过腊八节的突出饮食习惯，而且还效仿佛门施粥送福的做法，在亲友邻里间相互馈赠，

以示祝福。另外，旧时佛门还在腊八节时专给皇家、官府送粥，可见腊八粥也早已成为皇亲国戚的节日佳品了。

腊八是冬贮季节，各种食品便于贮藏，也是加工美味的好日子。所以除了食用腊八粥之外，民间还喜欢在腊八腌制各种小菜，一是腌腊八蒜。《春明采风志》："腊八蒜，亦名腊八醋，腊日多以小坛甏贮醋，剥蒜浸其中，封固，正月初间取食之，蒜皆绿，味稍酸，颇佳，醋则味辣矣。"另外，则是腌酸菜，在陕北地区，过腊八要用八种菜做腊八糁子面，这是一种热汤面，加八种菜，是腊八必食之物。还有不少地方喜欢在腊八煮酒，并饮之，称为"腊

八酒"。

祭灶节

又称送灶、辞灶、小年，小年节。祭灶是"五祭"之一。

最初的灶神为个人，先为女性后为男性，随着一夫一妻制的流行，人们在塑造灶神时，也有了男、女灶神，甚至又出现了一夫多妻的灶神。

送灶，又称祭灶。祭灶时间一般以地区划分，北方在腊月二十三，南方在腊月二十四。主祭人多为男性家长。祭灶前夕，要把旧年的灶神相取下来，晒干，以利祭灶上天时焚烧，同时要准备祭祀品。这时讨饭人以松、

柏、冬青、石榴等树枝扎成小把,沿街叫卖,供祭灶使用,俗称送灶柴。家家户户购买送灶纸轿,还购买灶神像,并以秫秸编马、狗诸物。供品有猪头、鱼、豆沙、粉饵、瓜、果、水饺、麦芽糖和关东糖等。其中以甜食为主,以便封住灶神的嘴,请他上天言好事。

祭灶时请灶神坐轿子升天,所以祭灶前夕,大街小巷常有卖灶轿子的,还有灶元宝,并且唱祭灶歌。山东祭灶歌:"灶王灶王,我上天堂,多说好,少说坏,五谷杂粮全带来。"祭灶的目的,是通过灶神上天述职,祈求家庭平安,"上天言好事,下界保平安"。也有求子的内容,有民歌唱道:"腊月二十三,灶王上西天。多说好来少说歹,马尾巴上带个胖小子。"

宋代范成大的《祭灶诗》曰:"古传腊月二十四,灶君朝天欲言事。云车风马小留连,家有杯盘丰典祀。猪头烂熟双鱼鲜,豆沙甘松粉饵圆。男儿酌献女儿避,酹酒烧钱灶君喜。婢子斗争君莫闻,猪犬触秽君莫嗔。送君醉饱登天门,杓长杓短勿复云,乞取利市归来分。"民间认为灶神是家庭的保护神,故有"事神不如祀灶"之说。灶神被看作是最重要的家神。

除了腊八粥,从腊八起,人们就开始扫除,直到腊月二十三前后才能扫除完毕,扫除又称扫房、打尘埃。浙江绍兴称此举为"还年福"。做好年货准备后,在庭院里摆八仙桌,放上各种供品,用红纸蒙上。男主人向院外叩头,放鞭炮,烧元宝,敞开供品,先供祖先,后祭祀其他神。

为什么在腊月扫除呢?民间信仰认为鬼神到了腊月有归天的,也有入地的,一旦他们离开人间,人们就要从身上到屋里,翻箱倒柜地彻底扫除,否则神鬼在人世,人们有许多禁忌,会触犯鬼神,这是腊月扫除的原因。同时新年来临也要把家里收拾一新,处于农闲的时期也为扫除提供了条件。扫除的范围包括庭院、门窗、室内,还要贴窗花、年画和吉祥图案,如"龙凤呈祥"、"麒麟送子"、"年年有余"等,为新年创建气氛。

除夕

除夕,一年最末的一天,也是中国最重大的传统节日之一。为了把除夕过好,首先,要打扫庭院,其次,是做年节食品,杀年猪、灌血肠、做豆腐、蒸年糕、炸面货。因为除夕到正月里,一般不大动烟火。第三,办年货。如红纸、神马、香烛、点心、糖果、皇历、灶王爷、玩具等,还要给小孩儿买新衣、鞭炮。

北京有民谣:

二十三,糖瓜粘;

二十四，扫房日；

二十五，做豆腐；

二十六，去割肉；

二十七，去宰鸡；

二十八，把面发；

二十九，满香斗；

三十日，黑夜坐一宵；

大年初一出来热一热。

除夕夜，主要是辞旧岁，迎新年。当天必须贴门神、春联、挂挂签，在祖先牌位前摆好供品，烧香点烛。家里人要穿上新衣，准备鞭炮，主妇则准备好饭菜。

除夕要吃年夜饭，这是重要的除夕活动之一。《清嘉录》卷十二"除夕夜，家庭举宴，长幼咸集，多作吉祥语，名曰'年夜饭'。俗称'合家欢'。"饭前要放鞭炮，饭后老人给后辈压岁钱。

春联由辟邪物演变而来，民间信仰，鬼怕桃木，所以古代以桃木为二板，挂于门上。后来在桃板上化神茶、郁垒。五代时，蜀国君主在桃板上写"年年纳馀庆，嘉节号长春"，从而产生中国第一幅对联。到了明代以后，开始在民间普及，内容是多方面的吉祥语。

除此，民间还盛行贴窗花、年画、挂千。年画内容多为历史、山水、八仙、人物画、镇宅神鹰、人头虎、富贵有余，岁岁平安等吉祥图案，剪纸有鹤鹿同春等。

拜年是除夕的重要活动，其中有两项：一是向诸神、祖先叩拜。除夕傍晚，把家谱、祖先像挂出来，摆好香炉、供桌、黄昏后祭祖。与此同时，也向天神、土地神叩拜。供品有羊、五菜、五色点心，五碗饭、一对枣糕、一张大馍，俗称"天地供"。由家长主祭，烧三炷香，叩拜后，祈求丰收，最后烧纸，俗称"送钱粮"。

此外，苏南地区在除夕有祭井神、祭床公床母仪式，其他地区则接灶神。这些不仅是谢神，也是人们在除夕时对神的叩拜，具有拜年性质。另一种是向活着的长辈拜年，一般是在年夜饭后，全家都在，小辈向老辈叩拜，老辈给晚辈压岁钱，并加以教诲、鼓励。

除夕之夜，合家点灯熬夜，迎新年，整夜不眠，俗称守岁。守岁有很多活动，一方面是饮食，吃饭、吃水饺、吃年糕、吃瓜果、饮料等。另一方面是进行各种室内游戏。临近午夜，根据当年太岁所在的方向，设供桌，烧香上供，迎接喜神，从而把除夕活动推向高潮。之后，在家里拜年、吃饺子，儿童则放鞭炮，点花灯，号称"村社迎年"。除夕活动的目的：一是祈求新年丰收。江苏有"画米囤"风俗，即在户外，用编孔小蒲包袋，内贮石灰，囤外打印成元宝形状，以求财产。二是求子。

祈求农业丰收、人丁兴旺是除夕节日的目的，这些风俗和年画、剪纸、春联等反映的内容是一致的，都说明人类为了自己的生存，必须祈求物质生产的丰收、人类自身的人丁繁衍。

食：应时应季的食世界

中国的节日是最富人情味的文化，深深扎根于民众之中，源远流长，是传统文化的突出亮点。而在节日当中，丰富多彩的节日饮食更是体现了浓郁的家庭气息与"民以食为天"的朴素认识，不仅遵循"应时"、"应季"的自然法则，而且增添了节日的人情味道，节日喜庆如不辅之美味佳肴，便似乎失去了欢乐浓重的气氛。而江南地区更以食物精美，应时合令为特点，为我们勾画了一个精致的食世界。

以我的个人经历而言，在苏州茶楼跟掌勺的大厨商量菜谱可以说是绝无仅有的饮食经验。那是在某个春天到苏州去玩，跟当地的朋友一起去了"老苏州茶楼"，原本以为是茶座茶馆，吃吃简餐的地方，却发现原来是酒店，有雅间，提供酒席的。苏州的本地朋友和身穿洁白围裙的大师傅坐在一旁

用软语低低切切商量着，冷盘什么菜最合时令，哪种鱼今天最新鲜，让我不觉慨叹苏州人生活的精致，时、自然、吃与生活这么紧密地联系在一起了。

这里，我们不妨依照节日顺序，这里谈谈丰富多彩的江南节日饮食。

"年"实在是和饮食密不可分的重大节日。迎新年的饮食准备，早在腊八就筹备了。如买年糕、写对联、做年糕等。无论过节还是喜庆，都祈求富贵平安、亲人团聚。春节更不例外，外

出者纷纷归来，家家户户要吃团圆饭，饮屠苏酒，以示家庭团结，和睦相亲。也有忌讳，"讳啜粥及汤茶淘饭"，这种习俗在江南大部分地区都有。

这里说说素什锦。素什锦是江南过年时必备的菜品。素什锦又名十香菜、寒素菜，由豌豆、花生、黄豆芽、干丝、胡萝卜丝、木耳、金针、酸菜、嫩姜丝等，用香油调拌而成，味道清淡，可解过年荤食之油腻。饺子，又称为元宝、更年交子、小饽饽，全国大

部分地区都在除夕时共食，即"天下通食"。商人还会在煮饺子时，捅破一两个，高喊"挣了"，以求新年生意兴隆。过年的食品往往都被赋予美好吉祥的寓意。

迎喜神，为喜神设的甜料——红枣、冬瓜、花生、糖果等，另外还会准备糍糕（以糯米蒸熟后搅之成干糊状做的糕，至今在江浙一带还有这样的习俗）。由于春节是大吉大利的日子，民间还有春节插芝麻秆，明田汝成《西湖游览志余》卷二云："正月朔日，插芝麻梗于檐头，谓之节节高。""签柏枝以柿饼，以大橘承之，谓之'百事大吉'。"

初五为"破五"，"破五"以后就可以正式炊煮了。初五之前多半食用年前已经准备好的各种蒸食或现成的食品或半成品。

吃元宵是元宵节的一个特点，也是元宵节的饮食风俗。元宵俗称汤圆，传说起源于春秋末期，唐代称为面茧、圆不落泥。宋代称为圆子、团子。元宵的作用，本为节日食品，但是又为敬神之物，后来又取其外形圆，而有"团团圆圆"之意。江浙均有正月十五吃元宵的风俗，杭州人称为"上灯圆子"，这天妇女又用"白粥以祭蚕神"，祈求蚕业丰收。

元宵的种类很多，馅有多种多样，味分香、辣、甜、酸、咸五种。其中甜馅有豆沙、芝麻、枣泥、白果、花生、杏仁、山楂等，另有酸菜、肉丁、火腿丁、虾米、豆干、茼蒿等做馅的。做法有包元宵、摇元宵两种。煮食方法有煮、炸和蒸三种。吃元宵的目的是祈求家庭团圆，追求亲情的凝聚力。宋代诗人周必大《元宵煮浮圆子》诗："今夕是何夕，团圆事事同。汤官寻旧味，灶婢论新功……"虽是经年的旧味道，但家人团圆仍是令人喜悦的事情。

"咬春"是立春的习俗。立春的时令食品主要有春饼、萝卜、五辛盘等，在南方则流行吃春卷。"咬春"不仅是吃萝卜，其实也包括吃春饼，即将面团中间涂油，擀薄后入炉烘烤，少时即熟，吃时撕开，仍为两薄饼，可供应多人食用。人多争相食之，谓之"咬春"。为什么吃萝卜呢？比较普遍的说法是解春困。其实咬春并不限于此，除解困外，主要是通气，使人保持健康。"五辛盘"是五种辛辣食物组成，用葱、蒜、椒、姜、芥等调和而成，作为就餐的调味品。立春后，人们在春暖花开的日子里，喜欢外出旅游，俗称出城探春，踏春，同时也是朋友同僚之间互相往来的形式。"馈春盘"就是习俗之一。

馈春盘的习俗：

"立春咸作春盘尝，芦菔芹芽伴韭黄。互赠友僚同此味，果腹勿须待膏粱。"

朋友之间在立春日制"春盘"互相馈赠。

古代在立春就有吃五辛盘的风俗。"五辛，即大蒜、小蒜、韭菜、云苔、胡荽是也。"

五辛盘又称春盘。《本草纲目》中说："五辛菜，乃元旦、立春以葱、蒜、韭、蓼蒿、芥辛嫩之菜杂和食之，取迎新之意。"这一风俗传到唐、宋、金、元，如元代耶律楚材有《立春日驿中作穷春盘》诗，其中说到用藕、豌豆、葱、蓼蒿、韭黄和粉丝作春盘，可见习俗流传之久。

二月初二，"以隔年糕油煎食之，谓之'撑腰糕'"。蔡云《吴歈》有诗云："二月二日春正饶，撑腰相劝谈花糕。支持柴米凭身健，莫惜终年筋骨牢。"徐士夸《吴中竹枝词》的描写更为风趣："片切年糕做短条，碧油煎出嫩黄娇。年年撑得风难摆，怪道吴娘少细腰。"可见这一习俗与生产劳动的关系很密切，用调侃的语气风趣地描述了这一习俗。

清明节有不少节日食品，其中多与宗教信仰有关，比较突出的是蒸面燕，又名"子推燕"。浙江临安地区，家家户户在清明节时采嫩莲拌糯米

粉,做"清明狗",有几个人制作几只,挂起来,直至立夏,然后烧在饭中,也是每人吃一只。流传"吃了清明狗,一年健到头"。由此观之,子推燕、清明狗是一种驱病之物,也是一种营养补品。清明节另一重要食品是春饼,圆而薄,内包以猪肉、鸡蛋、鱼肉、猪肝、豆芽等馅。这种食品本来是祭祖用的,后来成为群众的节日饮食。

另外又有糕点,例如"眼亮糕","以隔年糕油煎食之,云能命目",市上卖"青团、污烂藕,为居人清明祀先之品"。寒食,禁烟火,民间用青团、红藕冷食,遵循禁火遗风,仍以"烧笋、烹鱼"供享用。

青团,"乡人捣爵麦汁搜粉为之",至今,江南地区又改用麦苗叶取汁,经石灰点化澄清后调糯米粉蒸成的团子,再放入豆粉等馅心。青团子色清而味香,是清明期间常备的食品,也是仍受欢迎的节令食品,松软清香,有种春天特有的味道。

四月立夏时分,"家设樱桃、香梅、偏麦供神享先,名曰'立夏见三新'。宴饮则有烧酒,酒酿、海蛳、馒头、面筋、芥菜、白笋、咸鸭蛋等品为佐,蚕豆亦于是日尝新"。昆山一带,除了上述食物外,另有印糕(一种用粗米粉蒸成的松糕)作供品。

小满,江南俗语有"小满动三车(丝车、油车、水车)"之说,指农事渐忙。饮食上有"小满见三新"之说,就是"摘菜薹以为蔬,春菜籽以为油,斩菜萁以为薪,磨麦穗以为面,杂以蚕豆,名曰'春熟'"。锅里烧的、灶下燃的,都是当令田间的出产,所以有"新"之谓。

浴佛节:节日饮食有乌饭,《清嘉录》:"市肆煮青精饭为糕式,居人买以供佛,名曰'阿弥饭',亦名'乌米糕'。"方法是以乌菜水泡米,蒸出后为乌米饭。这种食品本为敬佛供品,后来演变为浴佛节的食品。当时还有放船施粥的风俗,以乌叶或是天南烛叶煮汁,渍炊之,名曰乌饭或黑饭,这种习俗在江浙地区很普遍。

端午:粽子无疑是端午食品的主打。《燕京岁时记·端阳》:"京师谓端阳为五月节,初五为五,盖端自之转音之,皆以粽子相馈贻,并附以樱桃、桑葚、荸荠、桃、李及五毒饼、玫瑰等物。"鸡蛋也是端午节的重要食品,

市民生活

早晨小孩还没出被窝时，大人就把鸡蛋送到小孩子嘴边认为鸡蛋有健身之效，也与蛋生神话有关。

雄黄酒，是酒内加入雄黄。《清嘉录》卷五："研雄黄末，屑蒲根，和酒以饮，谓之雄黄酒，以去毒虫。"民间认为把雄黄酒涂在额上、耳朵上，能防虫健身。《酌中志》卷二十："初五日午时，饮朱砂雄黄菖蒲酒，吃粽子，吃加蒜过小面。赏石榴花，佩艾叶，合诸药化治病符。"浙江奉化民间认为端午前后的药材治病最灵，必多采集，送给老人，故称该节为送药节。

夏至节夏令饮食，在夏至后第三个庚日即进入伏天。此时天气炎热，人们食欲缺乏，开始消瘦，即"苦夏"。民间开始偷闲消夏，注意饮食补养。官府也开始停止办公。

浙江建德民谣说："立夏日，吃补食"，说明夏至补食从立夏开始。一般都吃红枣烧鸡蛋和黄芪炖鸡，以滋补身体，为投入紧张的秋季农业劳动做准备。北京流行有"头伏饺子二伏面，三伏烙饼摊鸡蛋"、"冬至饺子、夏至面"的说法。防暑主要注重两个方面：

首先是多吃冷食、凉食、瓜果。《清嘉录》卷六记载："三伏天，好施者于门首普送药饵，广结茶缘。街坊叫卖凉粉、鲜果、瓜、藕、芥辣、索粉，皆爽口之物。什物则有蕉扇、苎巾、麻布、蒲鞋、草席、竹席、竹夫人、藤枕之类，沿门担供不绝……浴堂亦暂停爨火。茶坊以金银花、菊花点汤，谓之'双花'。面肆添卖半汤大面，日未午已散市……"古代的斗茶、凉汤都是极好的防暑品。苏州立夏节要喝"七家茶"，小孩要吃"猫狗饭"。同时多饮食凉粉、酸梅汤、服用冰块。"或杂以杨梅、桃子、花红之属，俗称'冰杨梅'、'冰桃子'"，可谓冷饮的先驱。鲜鱼肆以冰块护鱼，谓之"冰鲜"。时人又趁盛夏造酱，作为夏季菜肴的调味品。

伏日饮食有一些习俗：一是用冰。《唐会要》记载，夏至日颁冰及酒，因酒味浓，和冰而饮，类似威士忌。宋代自初伏日为始，每日赐近臣冰人四匦，凡六次（引自《岁时杂记》）。梅尧臣《中伏日永叔造冰》咏道："日色若炎火，正当三伏时。盘冰赐近臣，络绎中使驰。"讲的就是颁冰情形，当时梅尧臣得到朋友欧阳修从皇帝那里多赐之冰，很高兴，于是作诗纪念。

二是伏日吃汤饼，即汤面。《荆楚岁时记》说，六月伏日，家家煮汤面吃，是为了辟除邪恶。可见此俗之盛。说到汤饼，三国时还有一个故事。《初学记》卷十引鱼豢《魏略》讲道：何晏风度很美，皮肤特别白，魏国皇帝以为他搽粉所致，到了夏天，皇帝叫何晏来吃热汤面，出了一脸大汗，何晏用衣服拭汗，脸色洁白，皇帝才相信他的确长得白。看来伏日吃汤饼，自三国魏就有了。

至清代，《清嘉录》说苏州三伏天中午卖半汤大面，早晚有臊子面。街坊叫卖凉粉、鲜果、瓜、藕、芥辣、索粉等爽口之物。茶坊则以金银花、菊花点汤，谓之"双花汤"。伏日的饮食可谓丰富多彩。

此时又是瓜季，人们坐在瓜棚下乘凉，品赏西瓜。西瓜、苦瓜都是清热消暑食品，是夏至季节的重要佳品。另外，夏季蚊虫繁殖，雨水多，易感染痢疾等肠道疾病，因此在夏令饮食中有吃大葱、大蒜的习俗。

立秋，以西瓜祭祀祖先，并互相馈赠，俗称"立秋西瓜"。"或食瓜饮烧酒以迎新爽。有等乡人，小艇载瓜，往来于河港叫卖者，俗称'叫浜瓜'"。

七夕，"市上已卖巧果"，"有以白面和糖，绾作苎结之形，油氽令脆者，俗称'苎结'"。这种食风俗在江南及北方大部分地区都有。

中元节，"农家祀田神，各具粉团、鸡黍、瓜黍之属田间十字路口而拜而祝"，谓之"斋田头"，乞求平安及丰收，是古代秋社的遗风。

八月中秋节，是月饼的盛宴。节日之前，人们即开始互相馈赠月饼，"十五夜，则偕瓜果以供，祭月筵前"，苏式月饼的做法比较特殊，用油酥和面做皮，其中包入或甜或咸的馅心；其烘烤方式也是与其他地区不同，是将做好的饼胚放入煎盘内，用文火煎烤。口味独特。

九月重阳食重阳糕，"居人食米粉五色糕，名重阳糕。自是以后，百工入夜操作，谓之'做夜作'。"或以枣，或加以栗等当令食品，或有用肉者，也有掺百果于其上，旧俗又用面裹肉作糕，形骆驼蹄。

冬至节的饮食习俗也很独特。北方谚语："冬至饺子夏至面。"认为冬天冷，应该多吃有营养的食品，常吃的是饺子或包子，全家围桌而食，称"蒸冬"。福建在冬至节时做一种小粉丸，祭祖后才全家享用。馄饨也是冬令食品之一。冬至节北方吃面食，南方则吃豆腐。当地民谚曰："若要富，冬至吃块热豆腐。"因为冬至是一年农事的完毕。来年农耕的前夜，人们要休整，吃点豆腐补补，同时进选种。

苏州在冬至前夕，要过冬至夜，全家吃团圆饭。妇女回娘家者，这天也要一定回到夫家参加团圆宴，家庭有出门者，也给他留一个碗筷。饭前要祭祀祖先。团圆饭十分丰富，"家无大

小，必市食物以享先"。有全鸡、全鸭、大青鱼、红焖蹄膀等。此外，还饮用冬至酒，老少均可饮用，席间更迭燕饮，谓之"节酒"。

节日食品有"冬至团"，"比户磨粉成团，以糖、肉、菜果、豇豆沙、萝菔丝，为祀先、祭灶之品，并以馈赠"。寒冬，乡农畜乳牛，取乳汁入瓶，日担于城，鬻于主顾之家，呼为乳酪。据《苏州府志》及《吴县志》"牛乳出光福诸山"，冬日，养牛者取其乳，用豆腐点卤法点之，名为乳饼，或做成酥膏、酥花等奶制品。冬至前后是旧时地主讨债之时，穷苦人往往出门讨饭，各地社仓则实行赈济，人们也喜欢扫雪煮茶，认为有助健身。

江南还有一种饮食占卜游戏：一种是把米圆放在竹筛内，每次取两个，最后看剩下几个，如果剩下一个米圆必然生子，剩两个米圆则要生女；另一种是把用糯米做的"冬节圆"就着火烤，如果汤圆胀而不裂宜生男孩，如汤圆胀而裂开则为生女之兆。由此看出，人们将汤圆作为人的象征，并且通过占卜方法，祈求生育。

进入腊月之后，基本都围绕"年"这一主题进行忙碌了。

腊八粥，为佛教传统节日食品，民间以菜、果煮粥，寺院有时也煮腊八粥馈赠施主。过了腊月十五，民间开始陆续做年糕，"以黍粉和糖"，"有黄白之分，大径尺而形方"，俗称"方头糕"，元宝式的称为"糕元宝"，狭长形的称为"条头糕"，一般富裕人家大多雇工来做，普通市民，则从店铺里买，春节期间，吴地糕店"门庭若云"。

杀猪，苏杭流行以猪头祭祖，苏州人选用新鲜猪头，杭州人用腌过的。在选用猪头时，一定要挑"皱纹如寿字者"，以求吉利。

腊月廿四，送灶，要做"糖元宝"，又以米粉裹豆沙为馅做"谢灶团"，以这些甜食祭灶王爷，希望能粘住他的嘴巴，上天言好事。

腊月廿五，"以赤豆为粥，大小遍食"，襁褓小儿和家里的小猫小狗也要喝，名为"口数粥"，以避瘟气。杭州人在这天喝糖豆粥，粥里放姜、糖。大家互赠"年盘"，也就是年货，以猪蹄、青鱼为主，杂以果品。吴人多食淡水鱼，最重青鱼，因其生长于河塘的上层，又以螺蛳等荤性食物为主，所以没有一般淡水鱼的泥腥味。

除夕的年夜饭是家家的大事，长幼咸集，户户举宴，说吉利话，可谓合家欢。一是全家团聚，无论男女老幼，都要来参加家宴。到除夕前夕，外出的人必须赶回家过年，没回来的人，也要为他摆一只饭碗，一双筷子，象征他也回家团聚了。

二是食品丰富，种类繁多，主食有米饭、馒头、年糕，副食有大鱼、烧肉、炖鸡、腊肉、红烧狮子头、素什锦等。其中的鱼是做而不吃的，象征着年年有余，顿顿吃不了。或八，或十二，或十六，图个吉利。蔬菜中有"安乐菜"、"以风干茄蒂杂果蔬为之"，合家吃饭时必先要尝此菜，茄子在吴语中叫做"落苏"，是"乐"的谐音，以讨吉利。

可以说，中国的时令年节同时也是味觉的一次时光体验，什么时节吃什么东西，哪些节日要准备什么要的食物，既是一种食物，同时也是一种仪式。

第二章　纸上之城

诗 意 之 城

　　说到南京，还是朱自清先生说得好。"逛南京像逛古董铺子，到处都有些时代侵蚀的遗痕。你可以摩挲、可以凭吊，可以悠然暇想；想到六朝的兴废、王谢的风流，秦淮的艳迹。"南京就是这样一座富有诗味的城市，"痛哭狂歌今日事，最销魂处是金陵"，六朝烟水，乌衣白门，几乎每个人都可以感受到其中的古意和诗味，这大抵就是南京最吸引人的地方吧。

　　你若闲来要游南京，黄裳的《金陵五记》大约是一本最好的文化导游图，再配上一张市区地图，我想你一定会有一段很愉快的旅程，寻得一份诗味，拾得几瓣旧梦。《金陵五记》是一组长长短短的文章辑集而成，都是关于南京的。共分五部分，一九四二年"白门秋柳"、一九四六年"旅京随笔"、一九四七年"金陵杂记"、一九四九年"解放后看江南"、一九七九年"白下书简"，因此称为《金陵五记》。

　　黄裳先生是个有心的过客，钟情山水更沉醉于文化氛围中的游人。他靠一本《金陵古迹图考》，跑遍了南京的许多地方，虽然受了别人不少异样的目光，"因为那些地方委实没有什么美"。一座城市值得思念的核心，在于历史和文化，更在于历史、文化和今天

南京大学北大楼, 钟楼式顶楼, 融合了中西方的建筑特点

的结合, 和思念者的结合, 这样才有味道, 有情思。我想黄裳先生的文字之所以这么吸引人, 与文字背后浓厚的文化底蕴不无联系, 他是用着饱蘸历史深情的笔为南京写着文化笺注, 至于作者散淡的游踪只是将其串联的彩绳而已。

"我好像不曾读过纯粹的写景文, 用照相机拍下的风景片那样的东西, 但文字中是并不存在的。也许这是我的一种可笑的偏见。看画时爱看题跋, 游园时留心圖对。面对湖山, 也总是时时记起一些赶也赶不去的历史人物与故事。"这正是他的文字在景语之外更有情语, 更动人心魄的所在。"我的理想, 是能将历史与地志糅合在一起。"黄裳先生在历史、文学上的造诣使他的游记别具一格, 堪称上品。

作者自陈这种写法"开头时本来颇有兴致, 后来却越想越难。如果只是游记, 描写风景, 记点琐事, 似乎太单调。不敢附庸风雅, 说是有怎样的'历史癖', 不过觉得有些地方, 的确是历史味浓于风物美"。在他的笔下, 对历史的追溯更像是一首挽歌, 拨动读者的心弦, 打开记忆的窗口, 淮水东边旧时月, 夜深还过女墙来, 隔江飘来袅袅后庭花的歌声。

……往往一时还睡不着觉, 推窗远望, 这时就往往会想起南唐的故事来。好像从这故宫门的遗址, 还可以看到李煜和大小周后的幽灵依旧留在那已经久已烬毁了的遗迹上跳舞作乐。

南京大学校园

深秋石像路

台城、长干桥、桃叶渡、乌衣巷，这些普通的老地名，在熟悉历史的人心目中有着多么复杂、深远的意境，多少旧梦、遐思……

在他的笔下流淌的不只是历史的河流，而且也充满了他对当时的城市的感受，40年代颓败、黯然的气息，客居的萧瑟，对时局的忧思，尽来笔底。"这大半是每天深夜在旅舍的灯光下记下的，零乱得很也简单得很"，我们可以想象客居他乡的年轻人在城市的一角写下了这些零乱的札记。

每当华灯初上，小街上充满了熙攘的人声。……小吃店内的小笼包子正好开笼，盐板鸭的肥白躯体挂在案头，小街上充满了人情的温暖。有时候夜工作到一点钟，放下电话，街头还有卖宵夜云吞与卤煮鸡蛋的小贩，从他们那儿换得一点温暖……

读到这里，不觉亲切之感油然而生，这哪里是50多年前呢？分明就是昨天，就是现在。那条小街，昨天还在那小街上散步走走停停，吃一点消夜，或是随手买上几个水果；那座城市，也正是我们现在的这座城市呢！

时间似乎凝驻了，但时间毕竟过去了，在文字中我们可以依稀感觉到时间流逝的痕迹。

关于南京，我保存着好几重回忆。这似乎有些像考古发掘中的堆集层。一九四二年的冬天，我带着一个"逃亡者"的心情第一次路过这个城市，只停留了两天，另一次是一九四六年的秋天，住的时间比较长一些，心情大不同了。一九四九年秋天又来过一次，以后还有过几次短暂的过路，接下去就是二十多年的暌隔。几次经过简直代表了好几个不同的时代。你可以想象，当我走出南京车站的时候，心头有着怎样的"历史的重载"。我这样说，你不觉得有些可笑吗？但它却是实实在在的。

在这重重的回忆中，作者也老了，

"白门秋柳"中的血气方刚，"金陵杂记"中的浪漫情怀，在"白下书简"中渐渐冲淡了，渐渐平静了，成了长者娓娓的诉说，淡淡的叙述。难得的是，这一切都用文字留了下来，无论是历史的波纹，还是岁月的痕迹。细细读来，别有一番滋味在心头。

这本书是一本南京的文化导游"图说"，更是一位有心的旅客在南京的游踪与思绪。一路走来，一边慢慢地讲他的故事。黄裳先生笔下的南京是他自己眼中的南京，是不同时期的南京在他独有的取景框中的金陵图景，永远骄傲地绝版。他答答的马蹄声不是过客匆匆的行程，而是一层层情感的堆积。作者自言每次走出南京车站时心头所有的"历史的重载"，这沉甸甸的重量也可以说是个难解的南京"情结"吧。

一座城市，有着自己特殊的文化品格和精神气质。它具有个性，它富于魅力，岁月的变迁只会磨损她的容颜而不会销蚀她的文化气质。记得《新周刊》的"城市魅力排行榜"饶有兴味地将一些城市

中央大学大礼堂，如今东南大学礼堂

总统府

的魅力特征概括出来,读起来很有意思。她对南京的评价是"最伤感的城市",王朝的兴废、帝王的更迭,岁月的无常,六朝如梦鸟空啼,都化作了一声伤感的叹息。

高小康先生在他的《游戏和崇高:文艺的城市化与价值诉求的演变》(山东文艺出版社1999年10月第1版)一书却从城市文化的角度阐释,称南京为"诗意之城",耐人咀嚼。"这种伤感意味却也会使得像所谓十朝故都南京这样一个典型的'故国'具有一般城市难以获得的深度意义上的文化价值。""从这个角度来

看,南京作为一个'最伤感的城市'的形象或许会使这个城市文化具有一种其他城市所没有的独特韵味,使这座城市成为一座令人回肠荡气的诗意之城。"

"甚是金陵古,诗人乱存怀。"南京本地的《东方文化周刊》,也曾组织一个很有意思的话题:"南京十大文化符号",包括金陵饭店、林荫大道,大萝卜、盐水鸭、苏童们、"多大事"(南京方言)、五台山、夫子庙、《扬子晚报》、《非常周末》。与《新周刊》的"排行榜",与高小康先生的"诗意之城"不同,它没有了感伤,没有了太多的往

事，而是侧重于南京的韵味、可爱、憨厚和朴素。

在我，更欣赏高小康先生的"诗意之城"之说。若你环着印满厚厚青苔的明城墙慢慢走，若你隐在玄武湖绿荫深处的石椅上，若你醉在乌衣巷里、秦淮水间，那寥廓迷茫的波光，屏障般的紫金山影黛色，斜照中的一脉台城……参差错落，是否该是岁月笔下的自由体诗歌？那弥散于空气之中淡淡的香是否就是六朝烟水的气息？

南京是个负载太多历史的城市：六朝脂粉，王谢风流，潮打空城，天国悲剧……朱自清先生称南京为"古董铺子"，大约也是取此意。几乎每个人都可以感受到其中的古意和诗味，大抵就是南京最吸引人的地方吧。写南京的文章，我们从中听到最多的叹息，王朝的兴废，帝王的更迭，岁月的无常，六朝如梦鸟空啼，都化作了一声声伤感的叹息。南京是一个典型的"故国"，一个完美的寄托伤感、相思、回忆的故乡。

扬州看雕版印刷

雕刻木版印刷术是中国古代印刷术最重要的印刷方法，也是先贤留给中华民族的精神瑰宝与物质典范。即

使在今天，雕版木版印刷的美也仍然是其他印刷方式无法取代的。宣纸绵软柔白，木版雕刻的特殊韵味、手工刷印的浓淡相宜，再加上线装锦套，古朴典雅，至今仍被认为是中国细节中最美的回忆之一。

说到雕刻木版印刷，那么扬州的广陵刻印社就不得不提了。广陵古籍刻印社（现已经正式成立为扬州广陵书社）具有木版古籍的保藏、整理、雕刻、印刷、装订全套生产工艺的单位，也是全国唯一具有雕版、印刷、装订全套生产工艺的古籍雕版刻印社，也是全国最大的线装书生产基地。

追溯其历史，扬州位于大运河中段，自古以来就是人文荟萃南北通衢

公私合营。1960年,国务院要求各地把散失的古籍雕版分点集中进行整理。江苏省出版部门批准在扬州成立"广陵古籍刻印社",专事古籍发掘整理和雕版印刷。"文化大革命"使广陵刻印社关闭了12年,直至1978年才重建复业。

复业以后,为振兴传统雕版印刷,广泛罗致人才,聘请了许多流散在民间的雕版印刷老艺人,还培养了一批年轻新秀。自那时起,广陵社共出版雕印古籍近百种,其中大多数为旧版重印,或原版补刻重印,少量为重新校刊。像《暖红室汇刻传奇》《四明丛书》《礼记正义校勘记》《影元刊本楚辞集注》《咸同广陵史稿》《杜诗言志》等数十种具有较高文史学术价值的古籍,另外还整理出版了《本草经疏》、《幼科铁镜》《铜人俞穴针灸图经》等一

的文化名城,雕版印刷业盛行。早在我国印刷术发明不久的中唐时期就已经开始书籍刻印。早在1100多年前,扬州就以刻印元、白诗闻名于世了。宋代扬州的刻书业,在全国占有相当地位。沈括的不朽名著《梦溪笔谈》的最早刻本,就是在扬州雕刻。到了清代,扬州刻业空前繁盛。曹雪芹的祖父曹寅在扬州奉旨刻《全唐诗》。《儒林外史》最早的刻本也是扬州刊刻。清光绪时,江宁、苏州、扬州、杭州、武昌官书局合刻二十四史,扬州艺人在完成这部篇幅浩大的历史著作的工作中做出了出色的贡献。太平军占领扬州后,曾在这儿刻印了大量的书籍、文件和三字经等通俗宣传读物。

当时,调到天京的刻书艺人也以扬州人为最多。民国初年陈恒和在扬州创办"陈恒和书林",广收乡土文献、典籍名著刊刻梓行。陈恒和1937年去世后,其子陈履恒继承父业,直至1956年

批古代中医药名著，这些古籍全部采用传统工艺，宣纸绫面，锦装函套，装帧古朴典雅。

上图为广陵刻印社印制的《御制耕织图》，清康熙年间的木刻版画册。这本画册由清朝宫廷画家焦秉贞所绘，他擅写中国传统线描并糅合了西洋透视画法。经扬州广陵古籍刻印社特殊的刷印工艺制作和精湛的传统手工装裱，还原出清康熙木刻版画的本来面貌。封面封底的装帧采用金黄色的真丝面料点缀而成，封皮的设计为清皇室的玉玺朱红大印"御制耕织图"五个篆字，以特出古色古香的传统魅力和金碧辉煌的雍容华贵。

中国传统古文献与西方文献无论是在材质、外观还是在审美趣味上都存在着相当大的差异。虽然同样是纸张与印刷术的产物，但一开卷，便能明显感受到中西书籍之间的差别所产生的冲击。

从纸张材料上看，西方文献纸张厚实，光滑平整，而中国的书则质感轻柔，轻如鸿毛，翻开簌簌如雪落的声音。西方的书籍装订延续着羊皮书的传统，一开始就用皮革穿洞的方法，之后以钉子之类的金属物来发展装订的技术相承，装饰工艺牢固、华丽。也正是因为纸张材质的轻柔，中国书的装订往往注重保持原有材料的完整，主要使用糨糊与纸张来进行装订，从早期结合卷轴传统的"旋风装"（唐朝），到后来的"蝴蝶装"（宋朝），"包背装"都是用裱糊、折叠的方法来处理纸张，明朝之后流行的"线装"打眼等处理方法用于装订和封面上，已经显得比较"粗鲁"了。在中国文献传统的处理当中，水、

版印刷的同时，近年来该社还研究恢复了古代活字印刷术中铜、锡、泥、瓷、木等多种材质活字的制作和印刷工艺，填补了国内在此方面的研究空白。因此他们所刻印的古籍因选料与制作精细、款式古朴典雅而著称。

墨、丝线等纸张材质与形制装订元素的应用完全符合并传递了中国古人的审美传统，这种对材质的尊重与技巧完美的结合，提供了传统的审美范本。

可惜，这种文献传统的美已经逐渐失落，我们今天所熟悉的书籍形制与样式，日常生活里所阅读、使用、陈列的书，来到中国最多也不过一百五十年左右，而流传千年之久的传统中国书籍的形式与理念已被冲刷得几无印痕。而要再现这种美，在今天也需要格外的耐心与坚持，从写样、雕版、刷印、经叠书、撞书、齐栏、数书到包角、扣面、打眼、穿线，一本木版雕刻刷印的古籍要经过37道工序，全部采用古老的手工工艺完成，手工操作。80余名技工均以师徒承传的方式掌握传统技术，在开展雕

这是个时间停驻的时刻。上了年纪的陈义时师傅专心致志地在木板上雕刻插图，线条逐渐在刻刀下明晰，犹如逐渐清除岁月的尘埃。这一页的插图，要花费老陈一周的时间，老陈说一个雕工一天只能雕刻70个字。而一本书，就是由一片片雕版"摞"起来的。老陈的雕版技术是家传，传到他这里已是第三代。如今，令他欣慰的是女儿也学会了这门绝技。

19世纪西方近代印刷术传入中国以后，机械作业的铅印、石印、照相

中国唯一的雕版专业博物馆——扬州雕版印刷博物馆也兴建了一座新馆，向世界展示中国古代雕版印刷术的全套印刷工艺流程。尤为珍贵的是，该馆现有的全套传统工艺在国内绝无仅有，利用这种工艺，该馆修补、整理了大量的古代残片，印刷出版了大量的古籍雕版图书。

制版逐渐取代了手工操作的雕版印刷术。多年来，广陵书社已刻印出版各类古籍、线装图书累计5000多种，其中有许多极具珍贵收藏价值与欣赏价值的古典著作和资料文献，如80函850册的《毛泽东评点二十史》、历时20年刻印的数十万字的清代著作《里堂道听录》、用5种不同材质的活字糅合印刷的《唐诗三百首》以及四明丛书、楚辞集注、明代版刻综录、古逸丛书等。经过数十年的广泛收集，社内还珍藏有明清以来的各种古籍版片、佛经版片约30万片，其中不乏孤本、珍本。清理和修复后，利用这些版片刷印出来的古籍线装书，国内各大图书馆均有收藏。

更加难得的是，除了完整地保留着全套雕版刷印的工艺流程之外，扬州广陵古籍刻印社还收集、保存了全国几乎所有雕版版片，其中明清古籍版片20余万片，其中不乏珍版、孤版。

木版雕刻对木材的要求也十分"苛刻"：用来雕刻的木板木纹要细、不能干燥开裂，只有野梨树才能满足这种要求。刷印之后，版片的保存也是一个巨大的工程。据介绍，原先保存在广陵古籍刻印社内的20万片古籍版片每隔3年就需要熏蒸一次，以驱除虫害……但是，没有恒温、恒湿设备的条件，不利于古籍版片的保存。同时，限于场地狭小，除了收藏之外，众多相关的内容一直不能充分展示。而落户扬州市西区的雕版博物馆，建筑面积达到5000平方米以上。该馆珍藏大量的古代版片和珍贵的古籍版本图书，征集、陈列中国古代雕版印刷各个历史时期的文物，全面展示整个中国古代的雕版印刷史。同时，致力于古代印刷术的科学研究，开发其它中国古代印刷工艺，使之成为全面展示整个中国古代雕版印随着规模化经营机制的形成，广陵书社的古籍线装书年生产能力已达30多万册。在新馆，还常年设雕版印刷的现场演示。

这里需要强调的是，中国文献作为"中国细节"，在确立世界文化格局中本土文化的价值的重要性上所起到的特殊作用，强调"本土"，是为了重新认识与评价传统文化体系，促使我们眼光放远，在多元的现实和历史的回响中去寻找真正的"本土价值"。科学的、冷静的、非民族主义的、全方位地认识"中国细节"中所体现的"传统"，从某种意义上讲，这已经超越了书籍的出版范畴与文本价值。广陵古籍刻印社使古老的雕版印刷工艺焕发出新的生命力，同时也是学习中国文化史、图书史、雕版印刷史的最好课堂。如果能对专用名词进行准确而清晰的注释，适当配插相关的实物图片及示意性图片，便于给读者以直观的阐释，结合学术界相关的研究成果，把读者的认知引向了更加深入的层面，并注意普及性与审美性的结合，使我国古典文献传统中的美走进普通读者的视野与心田。

我们有责任去修补遗失在岁月中的中国古文献的手工传统，重新认识其审美价值与文化意义，不应局限在专业领域之中，而应志在普及，意在推广，使每一个中国读者能够重新感受这些细致真切的中国细节。

云絮牵过藏书的楼角：江南藏书楼

藏书楼不仅在历史的侵袭中为我们保存了先人的精神遗产，而且在不断的文化传播中也起到了重要的作用。文献不仅仅是静止的，它也映射出地区的文化环境，并对地区的人文素质起到了相当大的熏陶作用。藏书的意义不仅在于"藏"，还在于它对地区人文性格的"塑"的反作用力。大量文化典籍的积淀，增加了这一地区的文化底蕴，提升了这一地区的文化环境、人文素养。

故事总是有着种种不同的主题与缘起，在这里我们说的是藏书楼的故事。因为收藏者的爱惜与虔诚，"图书"这一文化消费品成为矜贵的藏书，而藏书楼正是它们居住的房子，藏书也因此保持着一种骄傲的姿势，漠视着时光的逝去与历史的变迁。在这里，时间停止了流逝，连同书籍一起被妥帖地收入藏书楼中的杉木大橱，书中夹放芸草以除蠹鱼，书橱安放英石以避潮湿，在这个安静稳妥的所在似乎能暂时躲避战火与江南特有的潮湿梅雨。

中国的藏书事业起源很早，据说在夏商周三代就已经有了"藏室"、"册

原古越藏书楼的旧址之上的绍兴图书馆阅览室

湖州南浔的刘氏嘉业堂等，藏有江南仅有的《四库全书》和其他许多珍贵的孤本、善本图书。

中国古代的藏书楼，大体上可以分成官方藏书、私人藏书以及书院藏书三个部分。它们在历史文化的创造、积累、传播和继承过程之中发挥了决定性的作用，从而使得大约8万多种古籍得以保存至今。但是，由于历代战乱接连不断，图书纸质易变，印刷不便，因此保存图书极为不易。脆弱的书页似乎无法抵御来自水火兵虫的无情侵袭，但我们仍能从这些藏书楼的不同命运中解读出相同的东西来，"私"藏与图书的"公共"流通之间存在着不可逾越的鸿沟，而图书的公共流通又绝非是"私"藏能够解决的问题。

为什么古代私人藏书楼的藏书终究逃不过流散的厄运呢？藏书楼之"私"是最重要的内在因素，当时的社会缺乏大规模生产图书的条件，私人收集图书艰难，耗费无数心力、财力，若流通开放既要投入精力、财力，又会使藏书破损，甚至流失，以至于绝大多数藏书楼不愿将其藏书拿出来与他人共享。宁波范氏"天一阁"自建阁至

府"等藏书机构，而且出现了私人藏书家。据藏书史研究者范凤书在《中国私家藏书概述》一文中统计，古代至近现代的藏书家，共得4715人，按籍贯来算，浙江1062人，占22%，排名第一。其次为江苏967人，占20.5%。虽然关于"藏书家"的标准或定义，学者们有不同看法，但江浙两省是中国历代藏书最盛的地方，这点是毫无疑义的。

江南文胜，书香盈邑。江南的藏书家多，保存下来的藏书楼也最多。建于明嘉靖年间的宁波范氏天一阁，已有400多年的历史，为我国现存最早的藏书楼。此外杭州的文澜阁、建于清乾隆年间的余姚梁弄黄氏五桂楼，建于道光年间的海盐蒋氏西涧草堂，建于光绪年间的瑞安孙氏玉海楼，建于民国初年的宁波冯氏伏跗室及

1949年，历十三代，薪火相传而不衰，对图书的管理制度不可谓之不严。天一阁一直有着禁止书籍下阁梯，禁止子孙无故开门入阁等极其严厉的规定，这种禁止流通、封闭甚严并且缺乏起码开放性的做法，实际上导致图书的利用价值大大降低。

"藏"重于"用"，秘不示人，藏书的价值发生异化，垄断性与封闭性成为我国古代藏书楼相当普遍的特征。随着印刷文明的不断发展，社会对图书不断的文化需求，明清时代已有一些开明的藏书家开始意识到藏书利用的重要性，他们大胆抨击了藏书楼自我封闭的传统劣性，提出了藏书开放的重要思想。

最早明确提出藏书开放主张的是明末清初的曹溶。曹溶，浙江秀水人。

其著《流通古书约》中第一次阐述了开放藏书的思想，对那种"以独得为可矜，以公诸世为失策"的褊狭传统进行了抨击。曹溶之后，清代有两位藏书家丁雄飞、黄虞稷为互通有无，订下互借协议《古欢社约》。最有代表性的是清代乾隆年间的藏书家周永年，他撰写了《儒藏说》，建立了"籍书园"，提出了"天下万世共读之"的鲜明主张，他所提倡的"儒藏"，是从社会文化的需求着眼，从知识分子，尤其是贫寒书生的需求出发的：

> 果使千里之内有儒藏数处，而异敏之士或裹粮而至，或假馆以读，数年之间，可以略窥古人之大全，其才之成也，岂不事半功倍哉！

这是公开利用藏书的首倡。近百年来，科举制的废除，连年不断的战争，传统意义上的"士"的消失，对于文化的冲击力相当巨大，在这一特定时段中藏书家精神的变迁。传统意义上的藏书楼怡然自得的，安闲自在的文化梦境已不可寻，读书闲情逐渐不为所重。身遭"国变"，忧思满怀，"故乡千里尽沉沦，何物还堪系此身。只有好书与良友，朝朝肠转似车轮。"(钱钧《自题忆书图》)，此时读书、校书就带有些追求精神寄托的意味了，藏书家叶昌炽称之

古越藏书楼

为"此亦荆棘丛中安身之一法也"。

近代藏书家们的藏书观念也有了很大的转换，藏书相互借录、传抄，十分普遍，"不仅是友情的标志，也是藏书观念的转变。藏书不再是枕中之宝，而成为可以公之于众的，可以为他人利用的材料"。藏书大忌——"鬻书"（即卖书）也成了寻常事。蒙在藏书上的道德因素与祖先的符咒被理智地剥离，图书的进出、聚散恢复了流通的本来面目。公共图书馆的出现，对于私人藏书的影响、接替所起到的独特的作用。

1840年之后，官办民办学堂（1896—1898年建学堂137所）、藏书楼如雨后春笋般地涌现，各地学会林立（1896—1898年成立学会87个），翻译西洋书籍，传抄历代文献之风盛行，社会对改革旧式藏书楼的愿望日益迫切。清末近代图书馆的雏形在此条件下开始形成，私人藏书楼开始向公共图书馆转型。西方新型图书馆(或藏书楼)在中国纷纷建立，如徐家汇天主堂藏书楼、工部局公众图书馆(Public Library, S.M.C)、圣约翰大学图书馆、格致书院藏书楼、文华公书林等，它们起到了良好的启蒙、示范作用，为中国变革旧式藏书楼带来了新的模式。洋务、维新运动之后，新式藏书楼在国内出现。19世纪末20世纪初各地以浙江绍兴的古越藏书楼（1897）、北京的京师大学堂藏书楼（1898）为代表的新式藏书楼纷纷建立。特别是清朝末期，废科举，办学堂，建立了一批以南京的江南图书馆、北京的京师图书馆为代表的官办省级、国家级图书馆。从此，中国的藏书楼真正走入一个新的历史时期。

藏书楼就这样渐渐淡出了历史，淡出了人们的文化视野，但其仍有着不少值得研究的线索。首先是如何理解这些藏书家的文化意义。藏书楼物质化的建筑背后隐藏的是历代藏书家的追求、信念与文化理想。

洪亮吉在《北江诗话》中将藏书家分为了五类，除了"掠贩家"（书贾）之外，大多是学者或知识分子。他们爱书如命，"菲饮食，恶衣服。减百俸，买书读"，到处搜罗故书，面对藏书的散失或毁灭，而仍然矢志不移、孜孜以求。购书不得则抄书。其中以抄书闻名于世的有朱彝尊、徐时栋、丁丙等。朱彝尊还因偷抄史馆藏书而被贬，在"书"（文化知识）与"官"（政治权力）之间他宁肯要书，用他自己的话来说："夺侬七品官，写我万卷书，或默或语，孰知孰愚。"这的确是个耐人寻味的选择。

在政治权力组织的社会中，知识分子具有什么样的文化信念来支撑他的选择？他的文化选择有什么样的物质生活基础呢？这是很有意思的问题。在印刷业不断普及的明清，这些藏书家又成为多重身份的知识分子，校勘学者、版本学家、出版家或是考据学者，他们的藏书所起到的文化价值决非简单的"守书奴"，他们的自主性、创造性使我们重新理解了藏书家的"藏"。

其次，藏书楼所藏的藏书，具有什么样的文化意义及其在文化地理学中

古越藏书楼书目

的价值。江南是文献资源极为丰富的地区之一，文献活动也相对活跃，可以说，江南文化的水准与大量文化典籍积淀是息息相关的。为什么江南的藏书楼特别多？江南文盛，科举的成功所带来的政治话语权为江南带来了什么样的改变？江南藏书楼往往注重乡邦文献的收藏，这对于地域文化的自我认知、地域性格的自我塑造具有什么样的文化地理学意义？藏书家在藏书过程中，有取有舍，那么他们选择藏书的标准与当时的社会文化特征有何联系？

"却有平生如意事，书满青箱。"书负载了先人的情感与文化宿命，绵绵一脉书香流传至今，更多了一份沉甸甸的份量。承继之余，更需要平心静气地看待与研究。第三，需要注意的是藏书楼与当时的知识分子文化环境。藏书楼构成了当时知识分子文化环境的因素之一，这是一个由藏书家、出版家、书商组成的交流网络，学者从中获取文献资源，进行信息交流，赢得出版机会，形成一定的学术影响，学术研究、藏书楼和书商形成了三位一体的文化网络。在这个以促进学术研究的发展的文化网络中，藏书家起到了重要的作用，同时他们本身就是学术研究圈子中人。出版家向江南学术界及其学校、书院、藏书楼提供了前所未有的接触珍本古籍的机会，推动了考据学的发展。考

据学者辑录了佚失的文献，纠正了过去千百年来文献积累的错讹、附会之处，显示自己的复古愿望。在文禁森严的时代中，知识分子的学术交流环境与学术理想值得关注。

18世纪，中国出版业迅速发展，大规模的图书收藏及刊行成为现实。明清时期，随着江南商业的发展积累了巨大的财富，这使当地出版家能以前所未有的规模出版图书。出版业的发展改善了江南及其他地区发表、流通及查阅资料的条件，使上述的图书收藏及交流形式成为现实，并推动各种史料系统、广泛的收集。对学术研究而言，它使学者可以迅速和对同一题目感兴趣的同行交流研究成果。值得注意的是，乾嘉时代的图书业在重建中国传统中发挥了重要作用。《四库全书》是在当时的学术交流环境下规模最为庞大的学术工程，它需要不同学科的学者共同合作。它为建立一种有助于资料交换及相应的成果发表的学术与社会交流体制树立了榜样。藏书家和学者们投入到这样一个图书整理工程，完成了一部内容极为丰富的丛书与目录。政府修书和地方官员招募幕友的著述也为当时的知识分子提供很多就业与参政的机会，这些文化影响很少被人注意到。尽管藏书有聚有散，但这些藏书楼的物质外壳保存至今。仍在提醒我们关注这些藏书家的所思所感及所经历的时代。

藏书楼是一个奇特的地方，一个时间与空间的奇妙交叉点。书本的脆弱与精神的绵长，砖石的坚固与文字的韧性，文字的时间性与建筑的空间感得到了和谐的统一，有时又似乎对着历史与岁月做出微讽的笑容，收藏的图书已经历经千年沧桑，而墙外正是现代都市的车水马龙。

高墙的胡同/深锁着七家的后庭/
谁是扫落叶的闲人/
而七家都有着:重重的院落/
是风把云絮牵过藏书的楼角/
每个黄昏/它走出无人的长巷
——郑愁予《网》

时间正是江南的梅雨季节，雨丝

无声无息地笼罩着一切，笼罩着思绪的蒸腾奔涌。文化具有时代性，同时具有历史的延续性。一所古色古香的藏书楼，是所在地区经济建设和文化发展历史成就的结晶，是乡土文化教育的优良场所，更是所在地区的人文标志。保存、修复和开发当地的藏书楼，对于地方社会经济建设和文化旅游事业，具有不可估量的内在价值。更为重要的是藏书楼是当地经济发展和人文面貌的历史见证，对于了解传统文化，进行知识分子、文化地理学研究、文化认知、文化建设的内在意义重大。

风雨藏书楼，走过飘摇千年岁月。而在每一个现代藏书人、爱书人的心里，有着一座物质存在之外的藏书楼——一个永不被风雨侵袭的藏书楼。

藏书票中的岁月变迁

藏书票是艺术家为藏书主人(包括藏书机构)专门设计并贴在藏书上的专用标志。票面除了要有国际通用的 EXLIBRIS 意为"予以藏之"，原文为拉丁文字样外，还必须有票主的名字(或者笔名、书斋名)，有的还在票面上刻印一些与读书有关的警句和格言。画面以简洁醒目为佳，画风应装饰和寓意兼顾，贴在书籍扉页，更是雅趣盎然。它在 19 世纪最初兴起时证明的是对书的占有权，后来又和政治身份相关，代表着一种小众趣味。在西方，藏书票相当流行，从政治家、艺术家到普通的爱书人都可以成为它的持有者。今天，藏书票这漂亮的，"小玩意儿"已成为一种体现阅读情趣和对书籍珍爱之情的艺术品，越来越受到读书人的关注。一批有关藏书票文化的专著、书籍，如《中国藏书票史话》(李允经著，湖南美术出版社 2000 年 6 月版)、《我的藏书票之旅》(吴兴文著)、《藏书票世界》(辽宁教育出版社 1997 年版)、《国际藏书票艺术》(天津人民美术出版社 2001 年版)等的出版，以及叶灵凤、董桥先生等对于藏书票文化知识的普及推广,都使读者对于藏书票的来源、发展、鉴赏有了一定的了解。

但是值得指出的是,受到普遍关注并为人们所津津乐道的藏书票主要是限于个人藏书票,用于机构(最重要的机构就是保存文献的图书馆)的藏书票,却没有得到应有的重视。实际上,图书馆馆藏的藏书票往往有着更鲜明的特征与更加实际的作用,而且类型也相当丰富,使用量相对于个人藏书票而言,也是后者望尘莫及的。

它们的不同之处主要表现在以下几个方面:

首先,图书馆馆藏藏书票面图案往往比较简洁,庄重大方。这与个性鲜明、崇尚艺术的用于私人藏书的藏书票有着很大的区别。

其次,票面中往往在重要位置标明图书馆的名称、藏书的来源等,负载了更大的信息量,也正是这些信息,为我们提供了很多研究的线索。

第三,承担财产登记的作用。据笔者经眼的南京大学图书馆馆藏的藏书票来看,它有着更为实际的用途。我们可以注意到票面上往往有着登录号与分类号两项,这可能是西方藏书票流入中国后被赋予的特殊功能。在西方的图书馆藏书票中,这种情况似乎也很少见。这种折中方案将西方藏书票的艺术性与务实的原则结合得非常完美。我们甚至可

以期待将来的图书馆馆藏的登录与分编,或者图书的CIP(在版编目资料)也能采用一种艺术化的表现手法。

我们可以看一下图1这张美国德克萨斯州州立大学戏剧文学图书馆的一张藏书票。它是ROBERT DOWNING(美国著名表演艺术家)的个人捐赠图书,总数有1万册,藏书票的图案是他年轻时一直演出的剧院,对于个人来说,具有纪念价值。后文南京大学各前身阶段的图书馆的藏书票与之相比,更多了实际功能。

下面,我们就从南京大学图书馆馆藏的藏书票入手,来具体探讨馆藏文献藏书票的具体作用。藏书票最重要的作用莫过于说明藏书的来源。这在馆藏文献量大、文献来源复杂的图书馆

图1

中，显得尤为重要了。南京大学的校史本身就有着曲折与变更，从源头三江师范学堂，先后经历了两江师范学堂、南京高等师范学校、东南大学、第四中山大学、江苏大学、国立中央大学等时期，1952年与金陵大学合并为今天的南京大学。从下面所举的藏书票例子中，就可以窥见其中的变更。

图2是《国学基本丛书——清学案小议》的藏书票，该书有一枚藏书票与4个藏书印。

如果不是这枚"上海持志学院图书院"的印章与藏书票，现在恐怕很难有人能够推断出这些藏书源自于一所1932年被日本人焚毁、1939年被国民政府教育部勒令停办的私立学院。持志学院创建于1924年，校名取孟子"持其志，毋暴其气"之意。从藏书印来看，持志学院的藏书归于金陵大学，后来一并归于南京大学图书馆，估计为当时的政府行为，而这段文献渊源未见于现存的校史资料，藏书印与藏书票却像一位无声的证人，把曾经的往事告诉我们。

图书馆馆藏文献有相当一部分来源于各种渠道的赠书，这些赠书的藏书票最为丰富与多样。比如下面这两枚藏书票。

一枚藏书票贴于西文书《中国的佛教与佛教徒》（Buddhism and Buddihists in China）之上，风格可以说史东西合璧，估计设计者为中国人。图3主体为传统的石碑雕塑，与藏书票的主题"Memorial"（纪念性）非常相符，碑身有"Keen memorial collection"和"University of Nanking Library"（金陵大学图书馆）的字样，碑左右分别史汉字"天下一家，万国一人"与"四海之内皆兄弟"，很有趣，一则显然是受到基督教的影响，另一则是中国先贤的语录，语意衔接自然，真有"天下大同"的意味。

这批书大约是20世纪20年代至30年代陆续登录的，书脊都有"keen"字

图2

图3

样,而且并非一次性登录,而且是陆续进馆。很有可能是某个人或某个团体的名称,陆续赠书给图书馆,图书馆为表纪念特制了此藏书票,并且在书脊上注明了"keen"。

图4是为了纪念凌其恺先生而设计的。票面采取了藏书票很少采用的照片形式,因为是悼念形式的,基本没有纹样与修饰,朴素大方。照片下面还有凌其恺的简介与捐赠图书的情况。

这与普林斯顿东方图书馆为纪念胡适捐赠1120卷、120盒的《清实录》所制的藏书票(图5)很有点相似的地方。票面简洁大方,风格朴素。后者中间套红印刷了胡适的手迹"开卷有益"据吴兴文先生推测,"可能该馆拿来当赠品用了"。

图5

捐赠的来源还有很多,比如有一枚藏书票(图6)就是为"上海商业储蓄银行"捐赠图书给"金陵大学图书馆"而制作的。票面的中心部位是一本书脊很厚的精装书,也是当时所谓的"洋装书",封面用汉字标出了"书"的字样,书脊则标明"农业经济"字样,环绕左右的稻穗形象将"农业"与"储蓄银行"的经济意味很好地结合在一起。很有意思的一个现象就是英文是由左向右写的,而

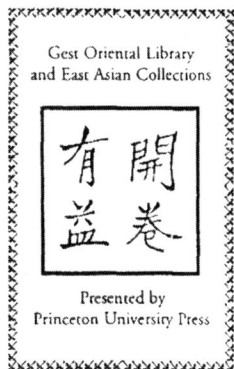

图4

图6

汉字还是传统的自右向左排，这种中西合璧的风格始终贯穿着这一时期的藏书票，这也是一种时代风格吧。

其次，藏书票是图书馆的标记，一种形象的识别，换句时髦的话讲，也就是图书馆的"形象代言"。一枚或一组设计优美大方、含义高雅隽永的藏书票给人带来艺术享受的同时，无疑也代表了良好的图书馆形象，如同一张图书馆的"名片"。下面几枚藏书票都是南京大学图书馆在各阶段的工作中使用的。

最为大家熟悉的中央大学的藏书票是"六朝松"形象的两张藏书票(图7)。两者票面图案基本相似，都选择了代表中央大学的象征——六朝松(这棵古木至今仍矗立在东南大学校园里，据说已经有1600多年的历史)为图案，采取中国画写意的笔法，突出六朝松的形象，古木的苍劲与旭日的蓬勃昭示着这所古老而充满朝气的大学勃勃的生机。其中一枚以印章的形式

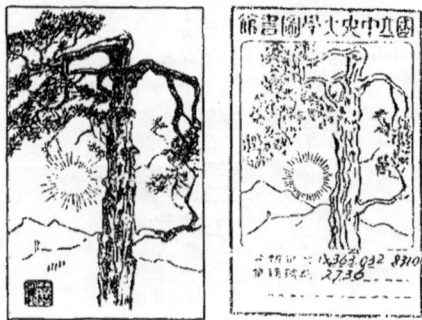

图7

图8

标明"国立中央大学图书馆"，另一枚则在上方鲜明的位置标明"国立中央大学图书馆"，并且在下面增加了分类号码与登录号码，更为实用。

下面这几枚藏书票(图8)，可能就不大为人所知了。这些都是今天的南京大学的前身各阶段时期应用的藏书票。

两枚藏书票都是国立东南大学"孟芳图书馆"的藏书票。我们首先注意到文字排列形式都是从左向右，但中心图案中的汉字则从右向左排。一枚为12个角的多边形，一枚为圆形，图案采用与图书相关的形象。有意思的是书本的图案既有横放的线装书，又有竖立的西式精装书，在细节中体现了当时中西文化的交融。

还有一枚藏书票是"国立第四中山大学"时期的藏书票(图9)。这段时间相当短暂，不到一年时间，从1927年6月到1928年2月。1927年6月国民政府将东南大学、河海工程大学等一批学校合并为第四中山大学，当时，广

图9

州、武汉、杭州已经分别设有第一、第二、第三中山大学。1928年底，根据国民政府关于"各省大学依地名之"的规定，改称江苏大学。但这一更名受到第四中山大学师生的激烈反对，认为"江苏大学"校名"既不足以冠全国中心之学府，又不足以树首都声教之规模"，会使全国学术失其重心，亦不利于学校发展，还不符合"以超然学术之精神，破封建思想之省界"。1928年5月，国民政府行政院正式通过决议，将江苏大学改称国立中央大学。所以这种藏书票使用时间很短，并不容易寻到。笔者不由得又想：不知能否在馆藏文献中找到标有"江苏大学图书馆"的藏书票？

下面这枚藏书票(图10)是相当有装饰效果的，使用期间大约是20世纪30年

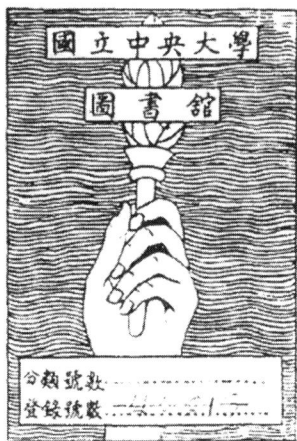

图10

代到40年代初期。与前面几种稳重、简洁的藏书票设计不同，它的图案热烈地充满了整个票面，主体为一只擎着火炬的手，背景有细密的曲线，呈飞扬状，如同火焰的跳动，"国立中央大学图书馆"部分与"分类号数"、"登录号数"等部分反白。整个票面热烈大方，充满寓意：这是知识之火，青春之火还是生命之火？给人留下相当深刻的印象。

再来看今天的南京大学图书馆藏书来源的另一个主要分支——金陵大学图书馆的藏书票。金陵大学是一所教会大学，馆藏有大量的英文文献。从搜集到的金陵大学图书馆的藏书票(图11)来看，两张形式相当相似，简洁大方。上方呈弧形排列的机构名称"THE UNIVERSITY LIBRARY"和"THE UNIVERSITY OF NANKING LIBRARY"，中

图11

心图案是圆形的徽章形式，很像校徽。内容为汉字"金陵大学"。受东方文化的影响，整体造型相当有金石气。需要注意的是，两枚中心的圆形图案的外环中都用英语标明了"INCORPORATED 1911"的字样。1911年金陵大学在美国纽约大学立案，获得该院及纽约大学的暂时认可，金陵大学的毕业生文凭改由纽约大学董事会签发，从而使该校毕业生获得国际各大学之间的同等待遇，此事对于金陵大学有着重要的意义，因此在藏书票中也有所体现。

从上面的叙述我们可以看出，藏书票不仅有着个人赏玩的艺术价值，在图书馆馆藏工作中也起到了不可替代的作用。我们或许可以将之理解为一种艺术化的工作手段，它曾经那样贴近图书馆员的工作与读者的阅读，给藏书的人和读书的人都带来了便利。

现在，藏书票因画面优美动人，小巧玲珑，具备升值潜力，又渐渐转为收藏家的猎物。藏书票的艺术价值日渐

掩盖其使用价值。因为使用价值的剥蚀，必将导致藏书票与藏书的分离。现在一些出版物在出版时，印刷书签或藏书票来随书发送，实在是件可喜的事情，确实体现了出版者对于书的热爱与跟读者沟通的意愿。但一些小问题仍应注意，比如很多藏书票的形状、尺寸并不合规格，而且有的纸张过厚不利于张贴，能否有艺术家为爱书人专门设计一些耐人寻味、方便好用的藏书票呢？

南京大学百年华诞期间推出了一系列纪念性质的藏书票(图12)，进行了颇具商业技巧的限量发售，可惜上面所列举的这些曾经被真正使用在馆藏文献中的藏书票没有被收录其中，这不能不说是一种遗憾。这些形态各异的藏书票在岁月的边边角角上为我们留下了多少故事，我真心希望馆藏文献能够再次使用设计新颖的藏书票，让这些美丽的"纸上宝石"能重新进入读书人的生活。

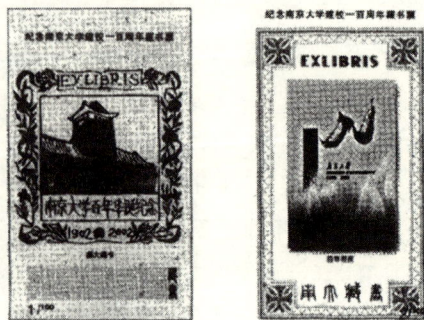

图12

纸 上 之 城

一个城市的文化品位不仅需要历史的积淀，更需要当代文化对它的提升，这对于出版行业来说，无疑是一个历史性的文化挑战。城市不是小说中的背景，它的现代化图景在哪里？那些不为人注意的城市边缘人物，有着坚韧生命力的草根阶层，那些带着体温的鲜活形象在哪里？出版业应当以平等、客观的方式对待这一切，传达直指人心的诚恳与关注。对于城市历史的不断忽略与遗忘，与沉溺于某种过去的城市意向是同样危险的。当城市正以飞速的改造走向趋同，当城市无视现实的变化一味地沉迷于某种历史性的假象进行自我安慰的时候，出版界无疑可以借助出版物抵抗时间流逝的神奇魔力，在复得的时间中为城市现状留下一幅幅珍贵的写真。

这是一个由文字搭建的纸上之城，建造城市的并非现实中的一砖一瓦，而是由文字、出版、传播共同营造的意向。凭借出版的传播功能，曾经出现在先人生活中的璀璨星空，抵抗着时光的流逝得以再现，今天我们仍能感受到昔日的星光灿烂，精神生命仰仗著作的传播而至永恒。作家以创作来记录心灵的轨迹，思想家以理性的思考记录思辨，出版人以高于创造性而琐碎的劳动，以所策划、所出版的图书，来记录他在文化思想上的思考。他们与说故事的人们，听故事的人共同建造了这座建立于文字基础上的纸上之城。

自古，江苏就是全国著名的刻书中心之一，现在也是我国的出版大省。丰富的人文资源、优良的文化传统为江苏出版的发展提供了良好的契机。一些数字可以提供一个大体的轮廓：江苏省共有出版社16家，每年出版图书4000余种，印数4亿多册（张）；全省有书刊销售网点近8000家，其中新华书店792家。江苏地处江南，文献资源极为丰富，出版活动活跃，可以说，江苏文化的水准与大量文化典籍积淀是息息相关的。大量文化典籍的积淀，增加了这一地区的文化底蕴，提升了这一地区的文化环境、人文素养。

同时，我们还应注意到的是，出版的意义还在于对该地区的人文性格以及城市意向的"塑造"的反作用力。它不仅仅是静止的，也映射出地区的文化环境，并对地区的人文素养起到了相当大的熏陶作用，构建了人们对于某个地区或城市的形象与文化的最初形象。

我们往往是通过别人的讲述或

是出版物来认识城市的,"一个好的故事,一个人的传说,或一个城市意向会比事实活得更久。好的文章创造了一个地方"。美国汉学家宇文所安《地:金陵怀古》文中指出:一个地方的历史是由文本而非直接由事件构成的。这个美丽的空中楼阁为我们展示了城市的个性和魅力,也极有可能成为一个过于热心的导游,一个美丽的谎言。

　　徜徉于江南山水之间,寻访南京的城市性格,大概摆脱不了那些自历史深处而来的文字散发出的力量和气息。无论它仍有幸存的断壁残垣还是已经化作了废墟,或者仅仅是遗留在诗卷中的记忆,这座城市确实充满了等待记忆的名字、传说和事情,但似乎又充满了矛盾。

　　你会一下子面对两个彼此交错的世界:一个是眼前矗立的真实世界,另一个则是浮在半空中的虚构世界。文字在你的头脑中勾勒出想象中的世界,而想象又因文字资料仿佛层层累加,互相融合,显得特别丰盈、不可言说。不再有真正陌生的地方,任何地方都像是旧地重游,在记忆与现实之间发生着复杂的感应。尤其在南京这样有历史传统的城市,大概摆脱不了那些文字、那些诗歌、那些出版物所散发出的力量和气息。但是,这座城市新时代背景下的文化格局和精神家园呢?

　　有学者将城市文化的特征概括为四个要素:现代文化、工商文化、公民文化、多元文化。一个城市的文化品位不仅需要历史的积淀,更需要当代文化对它的提升。这对于出版行业来说,无疑是一个历史性的文化挑战。如何塑造城市或地区的文化形象,以丰富而具有个性的出版物来营造人们的精神家园? 如前文所述,出版物塑

南京全景图

造的城市形象与城市现状的矛盾与反差，在江南地区表现得相当突出。水边人家、照影清浅的南方景象已经消失了。喧嚣的市声、丰盈的都市细节已经掩盖了那些书卷中的古典诗意了。这种对于历史文献、对于古典诗意、对于旧日标签的观赏与消费在对南京这个城市性格的解读中表现得尤其明显。人们对于南京"伤感"、"诗意"、"六朝烟水气"的印象往往来自文献，而当地的出版机构也推波助澜地塑造了这样的一个现象。丰富的历史文化资源使人们共同沉醉在一种集体记忆当中，而忽略了身边这个正在朝气蓬勃发展的城市。

"痛哭狂歌今日事，最销魂处是金陵。"，六朝烟水，乌衣白门，几乎每个人都可以感受到其中的古意和诗味，这大抵就是南京最吸引人的地方吧。但在现代城市化、工业化的过程中，形色色的城市符号，城市人群的喜怒哀乐、衣食住行，年轻人的发展机会，平等的竞争环境受到人们更多的重视，于是对这个城市的解读不可避免地出现了时空交错的迷惑感。

城市为什么可读？当然是因为它有个性，有魅力。而现代化背景下的南京在当今的出版物中显得面目模糊。作为全国最具发展潜力的十大城市之一，它的城市活力、它的城市细节、居住在这座城市中的人们的想法与行为，在今日的出版物中几乎是一片空白。有创意的出版人，应该是孜孜不倦于新知识的寻觅，新文化、新观念的探索，关注社会发展，对社会思潮的走向进行不断地思考，并使其闪烁在出版物之中。历史、文化本身固然不会改变，但出于后人不同的认识和不同的解读，通过新的研究方法、新的材料，新观念、新知识会不断产生，

令人耳目一新。对于历史文化类图书，这一庞大的文化产业资源，如果一味地因袭前人的解读，一股脑地跟进"老"字号图书，无论是对出版业自身的发展还是城市的性格塑造都会产生负面的影响。

对于我们的时代而言，这些高贵的叙述要超出诗歌的审美价值，散发出质地平实朴素的人性光辉。尽管只有一些片断，一些细节，但为了更为完整的了解，需要具有不同倾向胜的细节记录组成，就像信奉历史主义的人们乐于从故纸堆中寻找零碎的历史片段，并将其缝合成被人所忽略的另一种补丁图像。

这是一个很有意思的现象。我们可以将南京与距离不远的城市——上海来作个比较。虽然同属大江之南，气候相似，而两座城市在我们印象中的差异是如此巨大。上海给我们的印象不同于南京的古典诗意，它并不属于传统意义上的"诗酒江南"的一部分，没有负载太多的诗歌回忆与帝都气象。相反上海的城市性格是相当摩登，相当有现代性的，它充满了发展机会，曾被称为"冒险家的乐园"；同时也是相当女性化的，成为20世纪30年代"红颜往事"的代表。而后者的形象来自于近年来一系列的出版物有意识的"塑造"，包括陈丹燕的上海系列、王安忆的《长恨歌》等，都相对集中地为我们塑造了一个停留在30年代风花雪月的小资印象，或是老克勒们的城市追忆当中。至于这个城市印象距离真实的上海有多少差异，这些姑且不论，我们可以看到，对于城市历史的塑造，对于城市性格的凸显，对于市民生活的描述细节受到上海出版界的重视，并自觉地应用到出版物的策划当中。上海是民国时期中国的出版业中心之一，现代性的作品与出版物、城市化的文化特征——期刊的大量涌现、各种营销手段、出版技巧都为上海出版界提供了经验与发展基础。无

紫金山、玄武湖

疑，出版界对于城市性格的有意识地塑造与营建，也是世人对上海这座城市的鲜明印象的主要来源之一。

从出版人的角度，做好城市文化类图书的出版，不仅对于城市在历史文化中的性格与特征将产生重要影响，而且对于城市未来的发展模式、投资机会、现代性塑造等问题都会起到重大的作用，也是责任所在。从这个角度来理解出版，也为出版产业提供了独特的视角与文化的责任。值得注意的是，城市作为受到现代人关注的文化话题出现，人们开始关注周围的城市生活细节，承认城市具有个性与魅力。文化的魅力是个性，文化上的雷同必然导致乏味。这些城市在出版物中未必每一座都有自己鲜明的文化个性，但对于每一个当地的城市居民，它们性格鲜明，层次丰富饱满，并非能用一两个关键词来准确地对之进行概括。

对于南京这座古都来说，出版界面临着一个困境。古都的文化魅力显得过于厚重，往往有太多的陈迹可供寻觅，有太多的故事可供传说，有太多的遗址可供凭吊，也有太多的线索可供遐想。这些因历史的积淀而愈加厚重，那些现代性的城市细节很难为人所接受、认同。这个负载了太多繁华梦影与怀古幽情的金陵帝王之都，是否能以更加与时代接轨形式出现在我们面前呢？

出版机构无法逃避对于地方文化性格塑造的责任感。文献无疑是地域文化发展的重要线索之一。文化的消长、学术的起落、社会生活的变动、地方经济发展的盈亏，在出版物中一一呈现。文化与传播相辅相成。有学者以台湾报纸中的地方新闻所呈现的城市现象为例进行调查，探讨媒介对强调区域整合、营造社区共同意识、建立

夫子庙全景

公民社会等所起到的作用与影响。这将成为未来城市文化与出版文明所关注的热点议题。

　　一个地方流失了自己的文化，便失去了历史的根脉与精神。文化的流失因为没有明显的表现而容易受到忽视应该注意的是，对于城市历史的不断忽略与遗忘，与沉溺于某种过去的城市意向是同样危险的。如果城市文化注定要宿命般地为城市化进程付出巨大的代价的话，当城市正以飞速的改造走向趋同，出现了千城一面，清一色的高楼大厦、宽阔笔直的马路的时候，当城市无视现实的变化一味地沉迷于某种历史性的假象进行自我安慰的时候，出版界无疑可以借助出版物抵抗时间流逝的神奇魔力，在复得的时间中为我们的城市现状留下一幅幅珍贵的写真。因此，城市文化读物多采用图像资料，这也是一种最真切的观看方式图像可增加实感，使人身临其境，帮助人们更深入地领悟城市个性，增加阅读兴趣。图像资料包括图片、地图、线图、复原图、插图、图表甚至虚拟的想象图像等，多种元素的综合利用，将丰富读者的理解。以观念主导，而不是以史事主导的编辑出版形式，使读者能够真正地独立思考与观察，使城市图像与个性更为明晰、充满魅力。当今的出版界也正在进行着不断的尝试，有了可喜的进步。

　　一个城市真正的文化自觉必须寻找自己的文化格局和精神家园。出版人在构建这座纸上之城的过程中肩负着相当重要的文化使命。其中，大学出版社的作用应该受到更多的重视。在南京，大学出版社的资源相当丰富，也正在自觉地承担这一文化使命，如何利用大学出版社多学科、智力资源丰富的优势对城市文化性格进行塑造，如何协调各出版系统的资源对城市文化风貌进行综合性的反映，将决定这座纸上之城的图景。

　　从地方出版机构的出版物中不断解析对于城市形象的塑造过程，从对城市性格形成与认知过程中来体现出版文明所起到的作用，并不断调整行为形成最佳的互动模式，在这个过程中，出版人必须付出耐心，必须具备审慎和善于发现的眼光，成为"城市符号的收集者"，收集城市的各种文字和符号，收集城市人的情感忧伤及喜怒哀乐。这是出版人的责任所在，也是他们的光荣所在。

一纸信笺承载的……
——对中国近现代学人的书信研究

　　看似简单的书信，包含着众多互

相浸透由各自生长、发展的传统，文学的、历史的、艺术的，如何条分缕析，保持清晰的研究思路，既不能将其割裂，又不能陷入混沌，这也是我们的研究所要解决的大问题。

"自昔大师巨子，其关系于民族盛衰、学术兴废者，不仅在能承续先哲将坠之业，为其托命之人，而尤在能开拓学术之区域，补前修所未逮。故其著作可以转移一时之风气，而示来者以轨则也。"这是国学大师陈寅恪评价王国维的话，对于人、文、学术乃至文化及民族兴衰的价值与尊严叙述得庄重而贴切。中国近现代学术史正是由这样一个个光烁千古的名字搭建而成的，而且他们并不是孤峰突兀，而是一群、一组学术上的高峰林立，汇集成中国学术史中密集的学术等高线，这引发了我的研究兴趣。这些学人是如何构成了这段奇妙的学术高原的呢？他们的交际圈是否有重合和交叠呢？他们的交游、往来与学术的发展是否有内在的联系？因而，作为人际传播的重要媒介——书信，由于具有真实、快捷、直接等特性，所以称得上是人们互通信息、联络感情、交换意见的重要工具。而学人们所写的论学书信由于还具有传递学术信息、交流、争论及修正学术观点等作用，所以更能为我们勾勒学术交往的轮廓，它们是珍贵的学术史料，也是学术史研究不容忽视的环节。

随着中国近现代学术史研究的不断深入，整理史料工作的不断开展，书信的史料价值也为人们所重视，但书信的研究工作目前仍属空白。我认为，对书信的研究不能简单地停留在校正误、核时间的简单层次，而是应开掘其内容，并对其所起到的作用与价值作深入的研究。因此，在该研究领域之中亟待解决的问题仍有不少。

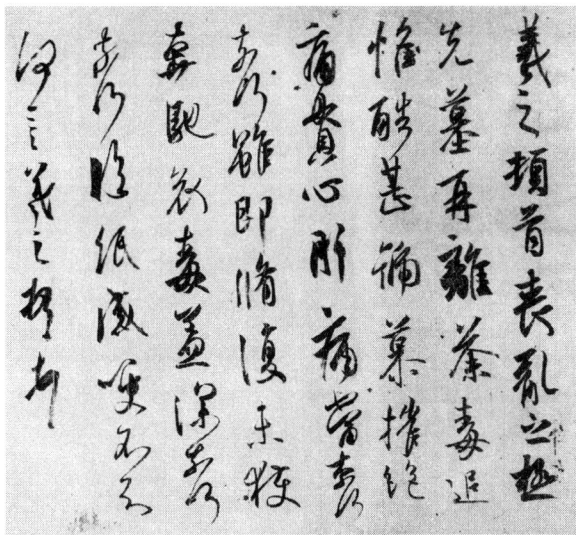

丧乱帖

第一，如何处理这些浩如烟海的书信材料。近现代学人留下了大量丰富的书信材料，风格各异，内容丰富，如何寻找到核心线索，将这些遗珠一一串起进行研究呢？朱维铮在为廖梅所著《汪康年：从民权论到文化保守主义》一书的序言中也谈到以书信为研究材料的不足，"作为真正由第一手史料汇集而成的《汪康年师友书札》，固然极其珍贵，却有着书信体史料的天然不足。那就是它们都属于私人通信，一般用来交换收发双方个人或很小群体之间互相感兴趣的信息，就是说写作目的通常不是为了发表，因此涉及历史研究由以确定基本史实的史料诸要素，所谓时地人事，往往语焉不详，并且为安全计，还故意不署时间地点及双方名衔，更常用隐语代称以表示指涉的人或事。另外，手稿的漫漶和笔迹不一，以及众手编校必有的水准参差，也使书札的整理出现若干失误"。当是深有体会之言。书信作为史料的不足，还在于需要和其他史料结合、对照，若单从书信史料入手，不掌握写信人与收信人的学术经历、学术特长及所叙事件的来龙去脉，甚至对当时的社会风气、政治气候及学风等不作深入的了解，则往往望文生义，或理解得不够全面及深刻，研究者时有坠入无边的资料海洋之感。

第二，如何全面考量论学书信在中国近现代学术史的价值。长久以来，以人物为单元的研究方法使我们难以将这些学人放置于学者群及学者社会之中进行考量，他们之间的学术往来书信到底起到什么作用？追溯而上，又是什么因素引发这些书信往来？是师承？是地缘（例如同乡等）？是社团？是学问上的亲近与惺惺相惜？这些其实都是近现代学术史应该关注而又不受重视的问题。王汎森先生在其《思想史与生活史有交集吗？——读傅斯年"档案"》一文中这样探讨"思想史与生活史"的关系：

> 透过傅氏的来往书信，其实已大

胡适书信选

致可以将当时中国活跃的知识分子的各种网络勾勒出一个大概。不同网络之间有的重叠交叉，但有许多完全没有任何"重叠共识"。在没有重叠共识的知识圈之间，互相的仇恨与猜忌相当严重。

这一提法相当有意思，不落俗套。用信函来勾勒人际交往脉络，考察"重叠共识"的形成及反作用，可以说在研究方法上独辟蹊径。那么，既可以充当思想史的可"信"史料，又能充分反映研究对象之生活细节的书信，无疑是不可忽视的重要材料。因此，有理由认为书信在思想史与学术史中的研究价值与意义长期以来被低估了，研究者们对书信材料的运用也显得不够充分、全面。

第三，在于如何处理书信的文学传统与思想史、学术史传统。书信是一种很有趣的文体，既可以很正式，也可以很私密，既可以将其视为文学作品，又可以看作是真实的生活写照。在我国悠久的文学传统中，书信得到了相当的重视。可以这样说，从书信的内容上也可反映出我国文学发展的潮流。与之并行的是，书信的应用文体性质，以书信来发表自己的主张，发挥其在思想史、学术史上的重要作用。南北朝时期，沈约与陆厥关于音韵的往来书信，充分体现了在辩论中不断丰富、客观的学术观点。针对沈约"自灵均以来，此秘未睹，或暗与理合，匪由思至。张、蔡、曹、王，曾无先觉；潘、陆、颜、谢，去之弥远"的观点，陆厥心平气和地指出："辞既美矣，理又善焉。但观历代众贤，似不都暗此处，而云'此秘未睹'，近乎诬乎？"他举出证据，"美咏清讴，有辞章调韵味者，虽有差谬，亦有会合。推此以往，可得而言。夫思有合离，前哲同所不免，问有开塞，即事不得无之"，"自魏文属论，深以清浊为言，刘桢奏书，大明体势之致……"而沈约在《答陆厥书》中也相应作了回复，"自古辞人，岂不知宫羽之殊，

胡适往来书札

商徵之别？虽知五音之异，而其中参差变动，所昧实多。故郿意所谓'此秘未睹'者也"。并修正自己的观点。这是出现较早的学术争论，也从一个侧面体现出书信的发展，由于其文体的特殊性，多种传统并行。

另外，至于流传下来的尺牍墨迹、名人手迹也有相当部分内容属于书信，如陆机的《平复帖》，王羲之的《丧乱帖》、《孔待中帖》等，至于唐、宋、元、明清各朝的名人尺牍，更为众多。这又涉及书法艺术传统，由此而生发出的艺术收藏传统也使书信更具丰富性。收藏家中有专门搜集书信尺牍的，例如郑逸梅，自称有藏札癖，"寸缣尺素，广事收罗"，曾集名家信札数百家，有《郑逸梅收藏名人手札百通》一书问世。郑逸梅的好友彭谷声，月积年累，所得自宋司马光信札始，以及元、明、清、民国等历代信札十万通之数。其子彭长卿，也有《名家书简百通》一书问世。著名的藏札家还有吴式芬，编成《昭代名人尺牍》一书，石印本问世，影响广泛深远。之后信札印本，著名者有吴长瑛《清代名人手札》印本、裴景福等《明清名人尺牍墨宝》印本、谢行惠《谢氏家藏同光诸老尺牍》印本、龙伯坚《近代湘贤手札》印本及《董香光手札墨迹》印本、《王文敏手札墨迹》印本、《翁覃溪手札墨迹》印本、《刘石庵手札墨迹》印本、《陈曼生尺牍墨迹》印本、《翁松禅手札墨迹》印本及《袁忠节公遗札》印本等。包括近现代学人的手札信函，很多也是书信艺术珍品，具有很高的艺术与欣赏价值。因此，原版影印的留真版也是体现这一艺术价值的出版形式。

看似简单的书信，包含着众多互相浸透又各自生长、发展的传统，文学的、历史的、艺术的，如何条分缕析，保持清晰的研究思路，既不能将其割裂，又不能陷入混沌，这也是我们的研究所要解决的大问题。亲笔书信这种用语言文字向特定对象传递信息和进行思想感情交流的形式，不仅可以传达自己的思想感情，而且能给收信人以"见字如面"的亲切感。随着科技不断进步，沟通手段不断翻新，电话、电报、邮寄录音带或录像带、电子邮件、MSN等交流手段，均是"书信的延伸"，同时也在使书信这种人际沟通的主流方式逐渐被取代。

董桥在《一室皆春气矣》中说："文学作品的最大课题是怎么样创造笔底的孤寂境界……书信因为是书信，不是面对面聊天，写信的人和读信的人都处于心灵上的孤寂境界里，联想和想象的能力于是格外机敏。"以"断处的空白依稀传出流水的声音"来比喻书信的境界，实在贴切又高妙。

而"雨冷，酒暖，书香，人多情：寒天得这样的信，当然'一室皆春气息矣'"。也不由得让人对书信这一传统的方式更多了几份怀想与惦念。

《礼记·学记》中说："独学而无友，则孤陋而寡闻。"胡适在《尝试集》的《自序》中这样说："我至今回想当时和那班朋友，一日一邮片，三日一长函的乐趣，觉得那真是人生最不容易有的幸福。"书信，就这样带着幸福感，带着尊严感，带着难以估量的价值进入了近现代学人的生活与学术研究。

"中国味道"的美
——读黄裳先生的《中国版本文化丛书：清刻本》

新千年前进的脚步伴随着不断的失落。中国回忆的不断失落。小桥流水人家的江南园林、乌衣巷边野草花的寻常巷陌，"纸墨精妙，开卷自有一种异香"的线装书，这些正在渐渐地淡出人们的记忆，成为不断失落的中国细节与文化碎片。邓云乡先生曾经以江南园林、绍兴老酒、线装书作为中国传统文化的象征，细加品味，诗意之外又相当中肯。

中国线装书的古典样式，繁体字、直排、中国纸、线订、营造了一种氛围，朴素自然、温润敦厚。在这种氛围里或许更能感受得到中国文人式的自在逍遥。那双逸、轻灵的丝和线、绵软坚韧的宣纸质地在我们面前闪现，似在牵动着什么，在坚持着什么？是旧家幽徽的书香，还是传统文化涌动的潜流？

中国的版本学——伴随着中国图书不断发展完善的古老学科，有着自己独特的发展轨迹与研究样式，见证了读书人寂寞而丰富的精神生活，并伴随着图书从案头清供走向喧嚣的书坊市井。早期只供少数人"雅玩"的图书与版本学研究经由印刷术、造纸术的发明与普及，最终走人了普通读者的精神视野，静夜展卷，心旷神怡，成为多少醉人的文化痕片。而在今天，这些美好的中国回忆不断失落，版本学似乎也变成了专供学者书斋中埋头研究的"文玩"，与普通读者之间存在着相当的隔膜。著名版本学家黄永年先生在"中国版本文化丛书"序盲中说："我认为，江苏古籍出版社如今出版的这套《中国版本文化丛书》，很有创意，正好填补了这个空缺，并且将版本这门学问从学者的书斋和图书馆的善本部中解放出来，直接面对广大读者。"在我看来，这套丛书的最大意义在于使广大读者重新拾回这种中国味道的美,陶醉于那静雅的气息、琉朗的书叶中所弥漫的中国版本的美。

黄裳先生所著的《清刻本》属《中国版本文化丛书》中的一种,断代谈清代刻本。黄裳先生为著名藏书家,对版本颇具赏鉴之功,并著有《清代版刻一隅》,广受好评,确为本书作者的不二之选。针对清刻本过去一直不为藏书家所重视的尴尬情状,他大力推崇清刻之美,在版式印刷、纸张、装帧上都达到一个新的高度,并配大量书影,使读者可以欣赏这书卷之美。清刻本去今不远,因此今人编书目时多不予收录,也无人加以研究,印书影图录时更无踪迹,"其康、雍、乾、嘉诸刻本,不论校刻若何难得,皆不足当藏

中国味道的美:清刻本

书家之一顾"。作者搜集了大量珍贵清刻本图版,并逐一评点阐释,使普通读者也能领略"清刻之美"。文中将清刻本定义为雕刻业"光荣的结末",相当贴切准确。

全书从版本学的视角重新梳理了清代的社会、经济、文化史,从版刻艺术的角度重新阐释了清代三百年社会经济的消长变化,"只要我们依时代顺序把不同时期的出版物进行对比,一切都看得清楚"。切入角度新颖,立论可信。经由作者的梳理,丰富的版本不再杂乱无章,版刻艺术、内容风格等方面的时代线索逐渐明晰:

清初,承晚明的遗绪,直到康熙中叶,刻书风格一般接近晚明。其中,家国之叹、生民之痛,一一化为诗篇,一时不但诗文集,就连选诗总集,也形成了一时风气。同时也是清初刻书情状的一个缩影。这一时期书坊的业绩、功效不容忽视,与同时大量涌现的私刻诗文集,同为时代声音的记录。

经雍正、乾隆,雕版进入了全盛时期,精雕、名刻层出不穷。康熙中叶前后出现的大量诗文集,上述的家国沧桑之感逐渐湮灭,而雕版却日益精致起来,反映了为艺术而艺术的版本风尚,刻书的内容也多是诗酒酬唱、留恋光景。

乾嘉之时，朴学之风大盛，考据家辈出，在雕刻业别起翻刻宋元旧本之风尚。其中代表人物有黄丕烈、顾广圻、鲍廷博等人。鲍以文刻《知不足斋丛书》，用宋体字巾箱小册，所收皆精校重刻不经见的秘册。鲍氏早年刻宋本，据旧本重刊宋遗民汪水云诗，旧本残失处仍留空白叶，不失原书面目，可见其刊书态度忠实。黄丕烈所刻《士礼居丛书》，都据古刻旧本，敬谨翻雕，是一时名重的书。

从嘉庆起，雕版风貌逐渐落人草率寒窘的格局，直至清末，再也没有能恢复逝去的光辉。因此，今天所见的遗存也主要是雕版业集中地区的产物。道光季年，雕版业已呈衰颓之势，到太平天国起事，更遭到临近毁灭的厄运。江苏、浙江、安徽一带出版中心不复存在，书籍文物荡然无存。道光、咸丰两朝的刊书流传最少。

全书用清刻本的兴衰为我们提供了另外一种解读历史的可能性。

从版本角度谈到了宋体字版的兴起。清刻一般可分"写刻"与"宋体字刻"两大类，由于图书的需要量激增，手工业作坊的不断发展，使操作过程日益变得规范化，过去那种三五有名书手包办写样的方法已经不适合时代的要求，必须设计出一种规范的、易于仿行的书体，使并非书法家的写手也易于掌握。

这就是大量宋体字刻书出现的原因。

宋体字本书也有不同的时代地区风格，到了清代的内府刻书所谓的"殿本"，各地官书局所刻的"局本"，不同的出版中心也都出现了自己特异的风格。精、粗、美、恶各不相同。风格也时在变，确实是社会经济生活变化的曲折反映。

书中亦谈及清代版刻的装饰风格。书牌形式、四周花边、边框等变化多种多样，有些版本多色套印，堪称雕版艺术品。从艺术性的角度来进行版

中国昆曲博物馆的长廊里，装饰着精彩的昆曲剧照

本研究，对于读者的欣赏与接受，对于保持与开掘图书的中国样式，也同样有着重要意义。一部古典名著，一册精刻旧本与一册铅印新书给予读者的感受是不同的。精美、简洁之中国书叶能给人以清朗的心境。访古书者，见佳本秘册，常云"展卷便有惊人之处"，或"老眼为之一明"等自有其道理。版本之美，则要根据书的内容、风格精心营造。行距、字距，字群与插图等装饰的分离与结合，同时还要给目光留出些歇息的空白，就像鸟飞倦了要落下来歇歇脚，这些地方往往是思想行走或飞翔的空间。这些在现代图书的版面设计中受到了有意、无意地忽略。

清刻本中有不少这样的探索，刻印者已经不仅将书册作为传播思想的工具，同时也作为一种"文玩"性质的东西来制作欣赏了。金冬心（农）曾经刻过许多方砚台，还做过灯影，加上他的绘画，大部分都是为了生活，只有刻自己的小集子，用力最多，印数又少，完全没有功利目的，以"自我怡悦"的形式探索版刻之美。世间不少艺术品都是这样制作出来的，这些只供自己和朋友欣赏的物事有朝一日成为传世的艺术珍品、文化遗产，恐怕连制作者本人也没有料到吧。

这些字体秀挺，雕工精妙，精妙非常的版本，丰富了世界图书的版

本之美。日本书籍装帧艺术家杉浦康平这样理解中国图书："拿起一本书，首先感到的是书的重量，西方的书就像大理石一样坚硬厚实，中国的书却像羽毛似的轻柔。接着是抚摸特殊材料的书籍封面给人特别的感觉……翻动书页，纸张又会发出声音，字典纸的响声是哗啦哗啦的尖声，而中国古代用的宜纸如同雪落的声音，寂静又优雅……"

中国版本和西洋书，在内容和形式上虽有很大的差别，但搜集版本的中西爱书家的趣味趋向，有些地方却不谋而

小桥流水人家

合,殊途同归。中国藏书家对于一本纸墨精良、字大如钱的宋椠精本摩攀不忍释手的醉心神往情形,恰如西洋藏书家对着哥顿堡的四十二行本(圣经),反复数着行数,用鼻嗅着古羊皮纸的香气点头赞叹的情形一般。古今图书版本,其貌虽殊,其理则一。同样,不仅中国的图书存在着版本问题,世界各国的图书都同样存在着版本问题。欧美各国都有为数不少的版本学著作,如欧洲各国对摇篮版的理论和研究著作。此外,欧美各国还有许多著录写本或印本的版本目录,这种目录自始至终以描述书籍形态、考辨版本制作及流传情况为职志,偶或兼及文字内容的必要说明,这与中国的古籍善本书目重视对边栏、版心、行款、字体、纸张、墨色以及经何人收藏、何人题跋的记录,其命意是完全一致的。

我国现代的图书基本是受西方影响而逐渐形成的"洋装书",但中国的传统书籍艺术(以线装书为代表),却从未销声匿迹,如潺潺长流水,虽历经劫难,仍生生不息,比如一些硕果仅存的传统刻印社(如扬州的广陵刻印社,南京的金陵刻经处、北京的线装书局等)与某些特殊的图书印制。从另外一方面看,在现代印刷技术盛行的时代,雕版艺术凋落殆尽。我们到底怎样继承中国传统书籍艺术的精华呢?是不是只用竖排、繁体、加线框就了事呢?另

外,中国传统的纸张能不能以新的面目进入现代书籍艺术,怎样展示中国图书艺术独有的美,这些都是留待我们解答的问题。

"我们于日用必需的东西以外,必须还有一点无用的游戏与享乐,生活才觉得有意思。我们看夕阳,看秋河,看花,听雨,闻香,喝不求解渴的酒,吃不求饱的点心,而且愈精愈好。"(周作人)因此,我们也就需要这种中国味道的美吧。

"中国版本文化丛书"分为宋本、元本、明本、清刻本、少数民族古籍刻本、坊刻本、家刻本、活字本、擂图本、新文学版本等专册,力求反映出我国版本研究的最新风貌和水平。并从形式上也颇得版本之美的真味:大18开本,封面封底仿传统洒金笺样式,封面清雅,天头宽大、版式疏朗,无论案头清供,还是枕畔消磨也罢,舒服得很。

我国古籍版本资料特别丰富,而版本学科发展并不尽如人意,急需博综各家、澄清歧见,建立系统严密的版本学的思想方法,从版本学史、版本分析、版本类型、版本鉴定、版本源流、版本对勘和版本目录等多角度正本清源,揭示版本和版本学的实质,构建其学科体系,并消除与普通读者之间的隔膜。当然,这并非一朝一夕之功。不过令人欣喜的是"中国版本文化丛

万字

书"10册（奚椿年著《中国书源流》、陈红彦著《元本》、黄裳著《清刻本》、姜德明著《新文学版本》、薛冰著《插图本》、江庆柏等著《稿本》、黄镇伟著（坊刻本）、王桂平著（家刻本）、李际宁著《佛经版本》、史金波、黄润华著《少数民族古籍版本》），将扩大人们的版本学视野，使普通读者也能沉醉于这种"中国味道"的美之中。

（《清刻本》，黄裳著，黄宁文编，江苏古籍出版社2002年12月版，21.00元，中国版本文化丛书之一；《清代版刻一隅》，黄裳著，齐鲁书社1992年版）

等你在未来的街头
——《街头音乐：美国社会和文化的一个缩影》读后

这些音乐没有原本以为的热闹，非常地安静，甚至寂寞，静静地如同小溪流水，街角悄悄绽放的花朵。它们没有骄傲的舞台，无法用堂皇的高音来震慑他人的注意力，它只是别在音乐有心人衣襟上的一朵不起眼的香花。

——题记

他们选择在流动中生活，在正经历着文化变迁的街道上弹唱、行吟，向匆匆来往的陌生人寄予着感情，表述着心灵，以街头音乐的方式生存着。他们是需要钱来维持生计吗？还是在等待一个会心的相遇？灵魂偶然的一个悸动？

为什么在美国会有如此之多的街头音乐活动？这些街头艺人（音乐家？）都是些什么样身份的人？是什么让我们将他们与破衣烂衫、肮脏、瞎眼的乞丐之间画上等号？他们有什么特别的文化意义吗？

对音乐的理解和体认往往不能仅仅局限在乐理、技巧等专业技术范围内，广而言之，音乐不仅只是一个研究的对象，而且是体认世界的途径，理解文化的工具，涉及文化传袭、民俗民情、经济运作、政治体制、宗教信仰等多种因素。洛秦博士的这本《街头音乐：美国社会和文化的一个缩影》为我们提供了一个独特的视角，他游走于美国各地的大街小巷，访问、采集了当今美国社会中各种形式的街头音乐活动，考察、研究了与之相关联的各种社会现象，并拍摄了大量实景照片，收集了许多风格迥异的音响，为我们撷取了街头音乐这一文化样本，本身就很有意义。音乐学者多以学术为重，以音乐厅、大舞台为艺术生涯的殿堂，对这些街头一闪念间的音乐灵光则无暇顾及，不知是出于有意还是无意的淡漠与遗忘？而相对于堂皇的音乐厅来说，这些街头音乐对于大众而言更是亲切可感的，也更有样本的现实意义，更体现时间的本质——相对的流动性质。面对着符号的使用与交换歧义日

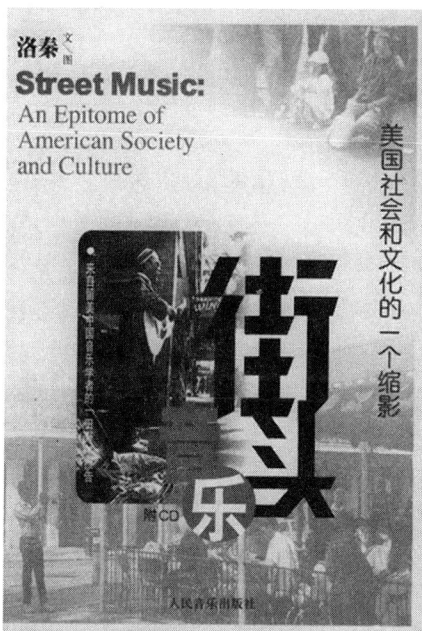

等你在未来的街头：街头音乐

多，最牢固的既有观念正在崩溃，而理论逐一动摇。街头音乐让我们听得见现实世界的种种转变，使如今已经结晶、凝固、陷于罗网而垂死的社会理论得以再现生机。

　　全书以悔意起笔，更见一种悲悯。从一位每日在大学街上弹唱的黑人歌手不堪寂寞而自杀的死讯谈及自己感动于

他深沉悲哀的歌声总想买一盘他的CD，但每次随着虽然放慢但依然匆匆的脚步往往期待"下一次"吧，随着歌手肉体的消失，敬意已经没有机会表达了。"如果我买了，多了一份行人对他音乐的关注，或更多的是心灵的关心，也许他不会自杀？"他郑重地将这位无名歌手的形象放在封面上，我也更愿意把这本书看做是对冥冥之间音乐亡魂的一种献祭，一种告慰，如同永不消失的音乐声。

　　用文字来描述、探究音乐，在我看来，实在是一件费力而愚蠢的事情。且不说描述音乐精微的转折在心灵中漾起的阵阵涟漪、感受音乐在无边的寂静中爆发的难以企及的巨大创造力之难。单就音乐的意义、快乐的本质来源于何方这些用音符说得已经足够清楚的问题，任何文字的描摹是拙劣而粗糙的。为解决这一矛盾，《街》随书附有CD，我几乎是迫不及待地放入了唱机，意外的是这些音乐没有原本以为的热闹，非常地安静，甚至寂寞，静静地如同小溪流水，街角悄悄绽放的花朵。它们没有骄傲的舞台，无法用堂皇的高音来震慑他人的注意力，它只是别在音乐有心人衣襟上的一朵不起眼的香花。

　　但文字对于音乐来说也有它独特的意义。文字最重要的意义在于直陈音乐对世界的灵视，尼采说"音乐是真理的表达"，弗洛伊德认为音乐

是"待解读的正文"。在音乐中,科学是被湮没的,许多旧规则不再有约束力,为了对人说明自身,为了倾听到自己与世界的距离,满足新的灵魂、心灵和听觉的需求。街头音乐的意义也许就在于它们不过是一群漫不经心的观察者或是平凡的灵魂为其他平凡的灵魂所演奏的。而文字赋予了他们更为直接的阐释,尤其是在这个很容易淹没在各种声音之中的时代。

还是回到《街》一书,作者在文体写作上进行了可贵的探索。以人物、地域为线索,在故事的叙述中将音乐人类学的许多概念、研究方法和范畴以及音乐文化知识清晰地阐述、巧妙地串联,可以独立成篇,又可串在一起描绘成一幅街头音乐地图,少有高头讲章的掉书袋气,文字清新,可读性强,非常具有感染力。学术性较强的专题研究和资料性较重的部分被安排在了附件部分,如《街头音乐传统的缘起和发展及其在文化商品市场中的意义》《一个"局外人"怎样看待美国街头音乐活动》《美国街头民间艺术节地图》提供给有兴趣的读者一些继续深入的线索。在本书的许多叙述和讨论中涉及了当代音乐与文化的诸多领域和概念,如后现代主义、大众文化、音乐与经济的关系、文化传承、多元文化等,促使读者从一个独特的、新

的角度来进行思考,并能深切体味到作者人文主义的情怀。对于歌手自身命运的关注,对于音乐终极归宿的思索使作者的目光充满了忧伤与沉思。"我看到的不再是一块美元的小费、一段旋律的弹唱、一个乐手的个体形象,而是一个整体社会的故事。"(《街头音乐活动是一种生活经历:音乐学院学生洁丝卡》)因而感动人。

今天,畅销歌曲、演艺事业、明星制度入侵到我们的日常生活之中,而且完全改变了音乐的地位,音乐变成一项流水线上的工业,音乐消费是暧昧的、体现集体特征。音乐家从流浪者、家仆变成了"产业工人"。日常生活中的音乐是与实际的生活经验完全割裂,音乐创作被技术精英垄断,采用越来越多的乐器,越来越复杂的技术,融入流行甚至靡靡之音,音乐失去活力。而街头音乐更像是新音乐的昭示或是古老音乐的复苏——一种真正自发、立即享受的音乐,逃脱所有固化的樊笼,以新方法使用乐器,"黑人音乐家只要拿起号角,就以开始吹一些他以前从未想过的音乐。他即兴地演奏、创作,由内而发。那是他的灵魂,是灵魂的音乐。"我们似乎看到吟游乐人的回返。他们拒绝再现,即席而且感性,与录音、现代声音工具出现之后的再现及重复的音乐彻底决裂,他们

的音乐是开放性的、未完成的，甚至不再是一种可以与其作者分割的产品。

作者的思绪没有局限在音乐领域，他更深入地思考人类学的命题，关注这些街头音乐艺术的生活价值取向。坦率地说，对我这样一个音乐的门外汉来说，这也正是我个人偏爱的部分，或者换种说法，对人类命运的关怀、对终极幸福的追求可能是贯穿在整个人类思索的关键字。是什么促使他们选择这样的生活方式呢？他们的这种方式对于我们的社会有什么特别的意义吗？"他们的生活准则是体验生活、体验人生、体验社会来获得文化上、精神上和人格上的长进。人类社会发展的根本目的是对人类自身的理解，这样的宏大前提、这样的博爱境界所需要的是人文知识而不是'二进位的数字游戏'。"(《间奏曲》)作者的看法也许过于偏激，立足他的人本主义的立场，他这样叙述一位街头音乐艺人安迪的感情和理智的转化过程，"感情的浪漫走向理智的现实，由艺术的激情上升为科学的理性，然后又从规范的数理转向宽宏的人文，由程序化的'机械唯物主义'式的设计上升为对人、对社会、对文化的理解。"(《间奏曲》)这完全可以说是作者为人类设计的以音乐自我救赎的道路。

应该怎样看待这个问题呢？音乐能预示，因为它具有先知能力。在本质上，它一直都是未来时代的预示者。街头音乐为我们展现的不是一个驯服的、理性的可以推理的过程，而是如同身陷迷宫，一个复杂的曲线图。矛盾时刻互相渗透，互相对立。他们梦想的生活是一种"音乐式的生活"，从中他们可以找到庇护所，以躲避巨大的、无可控制的机制。音乐变成了他们改变自身生存，填补意义空缺的一种方法，他们创造了一种不涉政治的、非冲突性的，以及有理想化价值的体系，逐渐构成一种相对于工具理性的社会暂时疏离的社会群体，有着独有的兴趣与文化，有着自己的英雄与战斗。将音乐视为喉舌，表达他们的叛逆，他们的梦想与需要。无论他们的自我救赎是否彻底，是否能实现，无论他们对于这个世界的批判是否过于偏激过于理想化，他们首先可以选择，这是毋庸质疑的。而且他们的选择为我们提供了很多思考的设问。

在新的社会环境下，人类如何看待幸福含义如何实现全方位的解放？是否可能把音乐中的分歧解读成暗示着一种影响及于全部经济与政治的变迁？它是否预示着一个结构性的变迁，更深远地说是一种全新的劳动意义、新的人际关系、新的人与商品关系的出现？

能解释得清楚的，散在文中各篇，有些芜杂之感。而且，为了照顾写作中的故事性因素，以人物、事件为线索的组织方法，都使得叙述文字过多、线索多头，全书的理论色彩显然被叙事的强感染力削弱了，不能以某个问题为线索深入探讨，作为学术著作，理论上的开掘还值得期待。对街头音乐的调查也只局限在音乐艺人的角度，其他对象涉及得较少，诸如街头音乐的接受者——听众如何看待这种形式，政府如何进行管理，艺人们如何自律形成良好的秩序等这些问题都可以进一步展开，不知作者以为然否？当然，我们似乎永远也写不出自己期待的那一篇文章，包括笔者在内，笔下的"这"一篇永远没有计划中的"那"一篇尽善尽美，假以时日，我们期待作者更为精彩深入的作品。

引发我们提出这些问题的街头音乐本身就具有非凡的意义，值得进一步深入思考。

作者采取人类学的田野调查的方式。对这些街头音乐艺人的身份、民族特征、音乐样式、生活态度作了深入细致的访谈，甚至与他的访问者一起演奏，想来是一个极具挑战性而且很快乐的过程。文中涉及社会文化的很多层面，诸如黑人音乐、"安第斯"音乐中的民族性问题；移民与移民音乐的意义；叙述街头音乐艺人生活准则、生活态度中的后现代话语，在有的章节里，甚至讨论起"生活是什么？"、"幸福是什么？"（《爱尔兰竖琴声中的故事》）这样的问题来，并以此为线索讨论街头音乐艺人的生存意义与价值来，无不显示了作者对于这些理论与问题的深入思索与驾驭才能。

但这些问题显然不是三言两语

他视诗比行动更优美，手中紧握的只是美，一种曾经被视为丑的人性之美，一种拒绝了不义和不公的美，一种让人们珍藏的碎裂的青春重现光辉的美。

（《西海岸街头音乐活动的大本营》）

音乐的好处,就在这里,无论你出生在海滨还是高原,无论你老家的房子前面有没有牧草与孤树,无论你在行动上浪迹还是在思想上流浪,它都能为你再造一个家园,一个美的家园,你不知不觉地就认了这个家,音乐用魔力将你送上归家的路。技术的发展将把我们引入了一个可以轻松处理和支配音乐的时代,声学水平上的尽善尽美无法将我们带入到与音乐相遇的可能性中。那么音乐存在于何处?音乐自身在何时涌现?

我们与音乐的相遇首先在于使音乐恢复对我们的权利,这权利不是暴力性的支配关系,而是向音乐提出中肯的请求,倾听音乐不是应承我们欲望的召唤,它只是无从牵挂中响应音乐的邀约。你听,他(它)在未来的街头等你。

音乐的救赎

——读《心&音.com:世界音乐人文叙事》

音乐是惟一不带任何罪恶感的感官享受。在这里,没有偏见、没有歧视、没有阶级、没有隔膜,没有文明的高下,没有技法的优劣,音符的组合敲击着拥有不同肤色、不同文化背景、不同人生经历的心灵,震颤着相同的回音。人类的眼泪没有颜色之分,心灵的感动没有雅俗之界,人类在音乐中最终得以摆脱外在的任何枷锁,真正寻到了自我,人类凭借音乐的指引返回了最初的家园,人性依靠音乐来进行自我救赎。

园林工,请开开门,

我不会碰到你美丽的花朵,

我只坐在花园的角落旁,

随着吹来的微风,欣赏花草的多姿绚丽。

也许,音乐并非人类所创造,而是人类用足够的智慧来发现了自然所赐予我们的旋律、对生命的敬畏、对上苍的膜拜,通过富有感情色彩的声音变化,以咏、以吟、以歌、以乐来对神秘未知的世界进行询问。歌唱中传递着无法言语的密码,那是对前世、今生和生命轮回的猜想与敬畏。

洛秦博士的新著《心&音.com:世界音乐人文叙事》,为我们勾画了这样一幅神秘的音乐地图。在这里,没有高山大川、海洋森林,没有以地理位置、政治、经济划分的等高线,只有音乐本身为我们勾勒音乐边界。音乐为我们昭示着这样的真理:文化本身没有高低优劣之分,虽然表现形式各异,但它们的价值平等。音乐人类学负载着一种宽广的人文思想,去了解其他国家的文化、尊重他国文化传统。无论表现音乐的方式复杂还是简单,古朴还是现代,它们的文化价值都是平等的。这正是作者通过多年来的学习与音乐实践所要思索的问题,所要传布的观念。他不仅将美国所学到的知识带回了中国,而且也"抢占"了美国研究者的"街头原野",以中国音乐学者的身份成了研究美国街头音乐的第一人。在他的一系列作品中(《昆曲,中国古典戏剧及其在社会、政治、经济、文化环境中的复兴》(英文版,密执安大学出版)、《街头音乐:美国社会和文化的一个缩影》《爵士百年兴衰录:一个从新奇、兴奋到叹息的过程》《中国古代乐器艺术发展历程》等),这条文化线索也是贯穿其中,在音乐中,人类的文明与价值得到了自由与平等的表现。

全书按照地理方位分"亚洲集"、"非洲集"、"欧洲集"、"拉丁美洲"、"北美洲"等几辑,介绍了当地的代表乐器、曲目、音乐特色及蕴涵其中的文化意义,对于东西方的音乐交融与容易被普通读者忽略的民族及传统乐器在文中都有详细交代,文字生动有趣,读来欣然有味,从古典到民间、由宫廷到乡村,在音乐的国度中不由得跟随作者,神思翩然。

这里记叙着音乐的故事。可以从

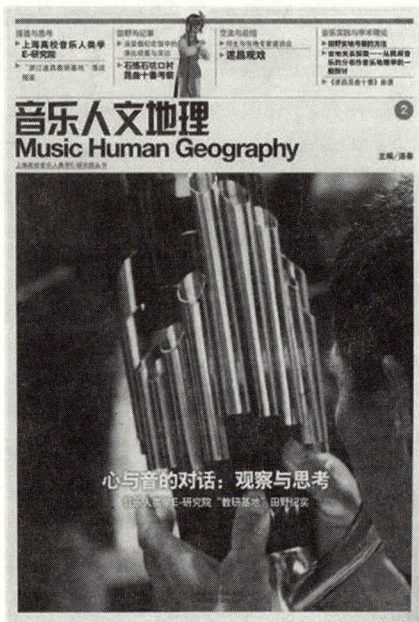

心与音的对话

中国先秦金石丝竹的吹奏中去了解中国"士"精神,从日本的尺八中体味"物哀"的悲凉感受,从印尼"佳美兰"音乐结构中理解当地的宗教"轮回"观念,而恒河边的旋律永远歌唱着生命的诗篇、佛陀的慈悲。非洲的节奏是非洲人的灵魂,是他们不能被剥夺的骄傲歌唱,而欧洲大陆的音乐巡礼则告诉我们,古典音乐并不是空中楼阁,它的源泉仍来自民间音乐的涂棕流淌。南美洲的安第斯排箫依然保留着印加社会的文化性,萨克斯管从新奥尔良吹出了爵士第一声。

另一方面,从世界音乐文化的恒

常与变化中,从频繁交流与融汇中,对传统文化的新解释、新认识在不断地发展变化。中国的古典诗歌、传统音乐开始出现在西方音乐中,印尼的佳美兰音乐开始出现在欧洲的舞台上,爱尔兰的风笛在《爱无止境》的歌声中征服了全世界的心,每一次音乐的胜利都是文化的胜利,是人类征服人类本身的胜利,永远没有失败者,音乐中有我们的文化、事业、理想、哲学和心灵的歌唱,这是世界大同的欢乐颂。

文中的一个细节,给我留下了深刻的印象。作者在刚加人泰国乐队时,觉得泰国椰胡的琴马过于简陋,使得声音太粗糙、沙哑而不"入耳",就自作主张地换上了中国二胡的琴马。声音当然好听多了。然而泰国的音乐指导则严厉地指责他,椰胡之所以用小纸卷、丝弦就是需要粗糙、沙哑的声音,这种做法是对泰国文化的鄙视。这件事情深深触动了作者,"纸上得来终觉浅",理论落实到自身的行动上还需要不断地实践与坚持。而我们自身,这种以主观的、民族的评价标准来割裂文化、历史的自作聪明,也同样需要反省。了解其他国家的音乐,尊重他国的文化,这是音乐人类学最基本的精神,同样也是我们在全球化的文化背景之中了解、认识外来文化的基本态度。通过阅读,展现在我们面前的不再仅仅是一种乐器

的故事、一段旋律的由来、一种音乐流派的兴起或是音乐人的个体形象,而是整个社会的故事、整个人类的音乐文化历史,音乐是人类情感、思想文化的支柱之一,是人类的生命之本与快乐所源。动机、主题、旋律、节奏构成了一种讲述,音乐活动范围和欣赏群体的划分并没有决然地隔绝各类音乐的交叉互动,这里音乐形成了真正的汇集和融合,不带任何侵略性,打破了国界,消除了民族间的文化隔膜,冲开了长期以来不同民俗风尚、社会制度、政治观念、宗教信仰之间的禁锢。通过音乐,人类找到了结合点。

值得一提的,还有本书的书名《心&音.com:世界音乐人文叙事》,正如本书的序言作者国际著名的亚洲音乐专家米勒教授所说"新颖的书名集中地体现了作者对人、对音乐、对文化的深切感受"。"心"意味着心灵,"音"则指音乐,"com"则指沟通,其中有双重含义,既表现了人类文化中的心灵与音乐的沟通:也表达了作者将其个人对世界各民族音乐文化的感受与广大读者的沟通。同时本书也脱胎自上海人民广播电台音乐频道的《世界音乐之旅》的音乐散文,为了适合图书体例月寄其内容和形式进行了重新构思、组织,配以精美的图片。而书后所附的CD也为读者真切体验异国音乐风

情提供了便利，留下更直观的感受。

人们对于音乐的参与与热爱则是体验生活、体验人生、体验社会来获得文化上、精神上和人格上的提升。精神、荣誉和地位的高低，物资、财富上和权利的不平等在音乐中得到了彻底的弥合。文化交叉与渗透，世界各地的音乐手法和本民族音乐语言的结合、本地音乐形式加用其他民族的音乐因素而演变为另一种艺术表演方式。通过对特定风格的音乐的聆听，我们能从中体现到创造这一音乐的民族的感情、心灵以及文化。就个人而言，音乐是抒发个人感情的语言，是心灵的语言，对集体来讲，它是一种民俗的语言，一个民族的语言，也更是一种文化的语言。

这个伊甸园距离我们并不遥远。无论是纸上为我们所描绘的，还是音乐中为我们所展现的。

江南无所有
聊寄一枝春

——《西洲在何处：江南文化的
诗性叙事》，刘士林著
东方出版社2005年3月出版

梅花开了，玉兰谢了之后就是桃、梨、李、樱和海棠的天下，红红粉粉白白，莺莺燕燕恰恰，花儿的芬芳随着春

风吹面不寒，令人沉醉。更不必说乡间的草长莺飞，山阴道中的江南意味，这种每年如约而至的美丽毫不敷衍，又毫无保留，令人臣服、敬畏于自然的"时"与"信"。

江南的春天是最有江南味道的季节，与自然相呼应，诗中的江南也保留着最纯粹的江南味道，展卷就可以嗅到那来自书卷深处的气息，一种专属江南文化的春天气息。

刘士林先生无疑是聪明的，选取了江南最有代表意义的精神符号：诗。《西洲在何处：江南文化的诗性叙事》正是以诗一般清丽洒脱的语言来解读江南文化这一深藏于中国文化基因中的精神母题。其实，在诗歌中，我们最能直接地与先人对话，因为"中国文化的本体是诗，其精神方式是诗学。其文化基因就是《诗经》，其精神顶峰是唐诗。总括起来就是：中国文化的诗化文化。或者说是诗这一精神方式渗透、积淀在传统社会的政治、经济、科学、艺术各个门

诗性智慧丛书

西洲在何处

—— 江南文化的诗性叙事

刘士林 主编

刘士林 著

东方出版社

类中,并影响,甚至是暗暗地决定了它们的历史命运"。全书共六章,分为"江南话语"、"江南轴心期"、"千秋乐府唱南朝"、"世俗情调"、"残山剩水"、"夜来风雨声"几个部分。话题多元,视野开阔,旨在以"诗情江南的审美精神"在江南发现中国诗性文化,"走在回江南的路途中"。它们美丽得那么真实,又是那么似曾相识,宋元画家的残山剩水,六朝诗人的江南风物,这些在纸片上得以保留下来的古典碎片也许是最值得我们珍惜的文化记忆了。

这些属于中国的心灵的回忆不仅具有审美性,而且对于今天生活方式:另一方面,则是中国民族的诗性智慧机能在当代大众文化中正走向彻底的遗忘。如果能有"一种声音"、"一种话语"可以使江南精神复活,如果我们能够找到一条直达江南烟水深处的话语扁舟,那么当代人与那个正走向遮蔽的人文江南将会更加亲切,更加契合。

也许这正是作者写作的初衷,尽可能地运用各种当代人文知识与技能手段,"向上捕捉万古长空中乍暖还寒的云色月影,向下钩沉文明大地深处深埋的飘零花果,为这个在现代历程中伤痕累累的古老民族找一条回家的路"。

回家,是本书中反复强调的关键词汇,在江南生活的所有诗性细节之中,最令人消受不起的,就要算是这种沉重而又甜蜜的还乡感了。特别是在明月之夜、风雨之夕的时候,偶尔走进一个陌生的水乡小镇,它一定会勾起那种"少小离家老大回"的人生沧桑。一边是黄梅时节的细雨、青草池塘的蛙鸣依然如约而至,另一边却是采莲、浣纱和晴耕雨读的人们早已"不知何处去";一边是在春秋时序中莼菜鲈鱼、荸荠和慈菇仍会应时而来,另一边在夕阳之后却再没有了夜唱蔡中郎的嗓音嘶哑的说书艺人。还有那良辰美景中的旧时院落、风雨黄昏中的客舟孤侣,浅斟低唱的小红与萧娘,春天郊原上的颜色与深秋庭院中的画烛,以及在江南大地上所有曾鲜活过的一切有声、有形、有色、有味的事,如果它们的存在不能上升到永恒,那么还有什么东西更值得世人保存呢?

因此,作者将"让江南永远是她本身,让江南在话语中穿越时光和空间,成为中华民族生活中一个永恒的精神家园",作为希望达到的目标和坚持不懈的人文理想,并因此设计、策划了"诗性智慧丛书",除《西洲在何处:江南文化的诗性叙事》外,还包括刘成纪著的《青山道场:庄禅与中国诗学精神》、廖明君著的《生死攸关:李贺诗歌的哲学解读》。在更加广泛的时空背景与人文对象上,将诗性智慧与

中国文化的深层和全面关系进一步展开。在这个"滔滔者皆西方话语者"、轻视诗、"敌视诗"的消费文明框架之下的时代中,从尘封的生命意识中努力开掘诗性的甘泉,从僵化的生命行为中寻找诗性实践的张力,也就成为解读、阐释与重建中国诗性文化及其诗性精神的全部理论与现实需要的根据。从另一方面来看,无论是对未经现代理性启蒙依然保持着传统实用理性机能的"旧人",抑或是现代启蒙历程中仅仅开启了工具理性程序的"新人",消除他们对诗性智慧的隔膜现状,可以打开一种"别具一格"的中国思想史新视野,有效地纠正当代思想史研究中过于浓郁的"西方化"倾向,为重新解读中国传统精神结构提供新的材料和方法,重新评价与正确认识中国文化的时代意义,也为之提供了一种具有重要现实感的人文思路。

"乱入花中看不见,闻歌始觉有人来"(王昌龄《采莲曲》)。美是那么朴素而自然,正如诗,过于繁复的美学理论阐释反而遮蔽了那可沁诗脾的一汉清泉,让江南回到诗,让美回归自然,还原出江南文化的古典审美精神,使人们得以亲近,不再隔膜,并在今天的消费文明中保存它和发扬它。提出"江南话语"以及运用它去阐释积淀在江南文化中的民族审美精神,它的直接目

的不是现实地建设出一个具有物质属性的诗性江南，而是一切从日益干瘪枯竭的当代生命主体入手，生产一种关于江南美的感觉、想象力和诗性智慧。

当然，我更看重的是缘于此种意蕴和理想的作品所带给作者与传递给读者的愉悦感。阅读全书的感受相当轻松，愉快，这些美丽的江南细节与诗意让心灵深深地呼吸，似乎使世事风尘中日渐粗糙、冷冰冰、板结一团、坚硬如铁的心灵在艰难的春风杨柳氛围中重新吐出嫩绿的枝芽。而对于作者而言，无疑也是一段令人难忘的创作经历，"特别是想到自己当时生活空间的逼仄与学术身份的卑微，我更乐于把它看做是对自己坎坷青春的一种相应的回报"。诗中所传达的"生命情调"、"宇宙意识"在文字中也得以体现、发挥。深于情者，不仅对宇宙人生体会到至深的无名的哀感，成为悲天悯人，就是快乐的体验，深入肺腑，精神上的真自由、真解放，才能把我们的胸襟像一朵花似的展开，接受宇宙和人生全景，了解它的意义，体会它的深沉境地。

真正的江南好风景，并不完全等同于显示时空中的那方水土，只有在它经历了从实境到虚境的脱胎换骨之后，才升华为诗性地理学上那种作为天下游子的生命家园。那种不同于伦理愉悦的江南美感，以及不用于伦理实用的江南审美精神，才能从漫长的历史遮蔽中显露出它的美丽内涵来。用心发掘它的诸种资源，把它的真谛尽可能地用一种现代性的话语阐释出来，这是江南文化成为中国文化版图上不可或缺的"半壁江山"的最深根源，也正是刘士林教授倡导、投身于"中国诗性文化"研究之中的根本驱动力。

如果这样的一种诗性声音在当代话语空间中越来越多，越来越密集了，它们就一定会给当代世界带来一种真正的清凉与慰藉。除了各种保护江南文化的硬件之外，更重要的是有一颗能够懂得江南的心。真正地了解中国美学的精神，消解人们心中杂乱的审美知识，以便为可以重新进入在江南的诗意和朦胧境界提供审美机能，揭示那埋藏在历史文本中的、有着永恒魅力的中国诗性文化的智慧与精神，使当代人日益干瘪的审美机能获得一种可以健康生长的诗性空间。

锦屏人的历史记忆

《中国昆曲艺术》，吴新雷、朱栋霖主编
江苏教育出版社2004年11月出版

"锦屏人忒看的这韶光贱！"舞台上正值青春时节的杜丽娘且歌且舞，神态娇媚，犹如一株自恋的水仙，兀自开放在时间的荒原之上。这一句面对"原来姹紫嫣红开遍，似这般都付与断井颓垣"的春光丽日慨然叹息，如同一句历史的谶语，预示着昆曲的坎坷命运。时间，是她叹息的关键词，"良辰美景奈何天，赏心乐事谁家院！"对于个人而言，时间见证了青春与爱情的悲欢；对于昆曲，时间见证了昆曲的兴衰与再度辉煌。在我理解，我更愿意把昆曲当作是一种时代的纪念品，历史赠与今人的一件礼物。

要想体会昆曲，最好的办法就是去看昆曲的舞台表演。身处黑暗的看台，聚光灯下的歌者舞翩跹，那摄人魂魄的唱词，余音绕梁的嗓音，动人心弦的情节，使人浑然忘却了时间的存在。舞台的明暗转承中，暗示着时间的流走，但这一份沟通古今的痴与嗔，为前朝有情人或叹息或悲戚的情怀，成为跨越时空阻隔的最"真"。情感的朝朝暮暮、明明灭灭中你分明能感受到临川先生汤显祖仍在提要钩玄，解说创作动机及旨意，铺叙创作时的心境，玉茗堂前酒一杯，经由他的文字与名伶的演绎成为千古流传的美丽梦境，也成为今天最美的古典回忆之一。

时代的进化，往往馈赠给我们一些时代的纪念品，昆曲正是这样的文化"标本"，活化石。而值得玩味的是，昆曲的复兴则由于偶然的一个机缘——2001年5月18日，中国的昆曲艺术被联合国教科文组织宣布列入首批"人类口头和非物质遗产代表作"名单。来自国际上的认同与关注使"昆曲和她所代表的中华传统文化的价值"再次赢得了与时间的竞赛，使现代的观众仍能体会"朝飞暮卷，云霞翠轩，雨丝风片，烟波画船"之美。"世界自然、文化遗产"与"人类口头和非物质遗产"的称号使昆曲的历史、文化艺术、美学和人类精神价值得到今日社会的广泛认同。而原创性作品《长生殿》和青春版《牡丹亭》两部大戏，在海内外演出盛况空前，博得观众的热情赞许也不足为怪了。

　　《中国昆曲艺术》一书的产生也正是源于这样的背景,保护"昆曲"——这一世界文化遗产也就是保护人类的文明和文明的多样性,保护我们人类的文化资源。该书的结构相当明晰典雅,正文分为五个部分:"六百春秋谱华章"、"兰苑书香融经典"、"红氍毹上舞翩跹"、"盛世'遗产'展风华"、"中国昆曲大事年表"。该书以"继承传统经典剧目与艺术,研究中国昆曲的历史与现状,挖掘与整理昆曲的历史资料、文化与遗迹,向21世纪的人们宣传与推广昆曲这一中国文化代表的杰出价值"为宗旨,较全面系统地介绍昆曲历史,艺术及其在当代的发展情况,重探昆曲源流,阐释昆曲奥秘,并以九百多幅经典剧照、明清珍本木刻插图展现昆剧精华,召唤昆曲的历史记忆与舞台生命。

　　发源于江苏昆山的昆曲,至今已有六百多年历史,被称为"百戏之祖,百戏之师"。许多地方剧种,像晋剧、蒲剧、上党戏、湘剧、川剧、赣剧、桂剧、越剧和粤剧、闽剧、滇剧等,都受到过昆剧艺术多方面的哺育和滋养。16世纪中叶,经魏良辅改革后,"昆山腔"成为一种格律严谨、形式完备、声腔音乐婉转悦耳柔媚悠长的演唱艺术,又经过文人士大夫阶层、名优名伶

《中国昆曲艺术》书影

们不断奉献智慧,昆曲逐渐成为融文学、戏剧、表演、音乐、舞蹈、美术于一体,富有诗情画意的舞台综合艺术,具有独特而悠久的神韵——抽象、写意、抒情、诗化。中国戏曲自形成以来一直在舞台上流传,随着时代的变化,从剧本到唱腔、表演不断变革。昆曲则变化较少,对戏曲传统特点保留较多,剧目又极为丰富,被称为"活化石"。

　　一桌二椅或一屏风的传统风格的舞台布置,还原了戏曲虚拟婉转的美学特征;尤其辞赋般的优美唱词、一唱三叹的曲调体现了昆曲这一古老艺术的古典雅致;服饰、音乐、动作等,无不给人以美感。舞台的美感在戏剧中得到了完美的体现。寂静的沉思,

丝竹箫管的呜咽，清丽纯美的唱腔在"似这等花花草草由人恋，生生死死随人愿，便酸酸楚楚无人怨。待打并香魂一片，阴雨梅天，守得个梅根相见"（《牡丹亭·寻梦》唱段)中的婉转生情，令人心醉神迷。

昆曲的表演，有其独特的体系与风格，它最大的特点是抒情性强、动作细腻，且歌且舞，歌唱与舞蹈的身段结合得巧妙而谐和。音乐柔媚圆润、唱腔细腻悠长，被称为"水磨腔"。昆曲唱腔华丽、念白儒雅、表演细腻、舞蹈飘逸，加上完美的舞台置景，可以说在戏曲表演的各个方面都达到了最高境界。其中，我们不得不提及曲牌，它是昆曲音乐程式的细胞，据不完全统计，大约有千种以上，南北曲牌的来源，其中不仅有古代的歌舞音乐，唐宋时代的大曲、词调、宋代诸宫调，还有民歌和少数民族歌曲等。它以南曲为基础，兼用北曲套数等，单从文本的角度讨论也具有相当的文学价值。

昆曲在长期的演出实践中，积累了大量的上演剧目。其中有影响而又经常演出的剧目如:王世贞的《鸣凤记》，汤显祖的《牡丹亭》《紫钗记》、《邯郸记》《南柯记》，沈璟的《义侠记》，高濂的《玉簪记》、李渔的《风筝误》、朱素臣的《十五贯》，孔尚任的《桃花扇》、洪昇的《长生殿》等。另外

还有一些著名的折子戏，如《游园·惊梦》《阳关》《三醉》《秋江》《思凡》、《断桥》等。《中国昆曲艺术》一书中提供了大量的舞台照片，并对著名昆曲演员、著名作家、剧目等做了详细介绍，具有参考价值。

从昆曲的历史发展上看，18世纪之前的400年，是昆曲逐渐成熟并日趋鼎盛的黄金时期。在这段时间里，昆曲一直以一种完美的"诗化"方式向人们展示着世间的万种风情。那时，它是宫廷相府中的常客，是文人雅士的时尚。富丽华美的文人气质，推崇风雅的刻意追求，与当时士大夫的生活情趣、艺术趣味是相辅相成的。随着市民阶层的不断崛起，其他地方戏剧的冲击，舒缓、惆怅的昆曲风格逐渐不再为多数观众接受，昆曲便逐渐走向衰落。当时称昆曲为"雅"部，地方戏为"花部乱弹"，出现了"花雅争胜"的局面。直至新中国成立前，一些昆曲艺人艰难支撑、勉力维系一线火种，为之后昆曲的重新振兴保存了珍贵的生机。

在昆曲的历史中，有太多的偶然，而这些"偶然"似乎又能串出一根线索。1956年，浙江昆剧团改编演出的《十五贯》在全国产生了广泛的影响，"一出戏救活了一个剧种"；此后，全国许多地方相继恢复了昆曲剧团，一大批表演艺术家重又回到昆曲表演舞台；后来便是昆

日暮诗成天又雪，与梅并作十分春

曲入选"人类口头与非物质文化遗产"，昆曲的保护与振兴又受到多方关注，这些都为这项"中国古典表演艺术的经典"起到了续命、振兴的作用。

"锦屏人忒看的这韶光贱！"锦屏人对于岁月的叹息言犹在耳，让昆曲成为穿越时空的精神回忆，成为中国人熟悉的审美体验，也许正是保护这一优秀传统文化的途径之一。《中国昆曲艺术》正是基于此而做出了可贵的尝试，洋洋几十万言，积累了大量的资料与图片，内容丰富，色彩斑斓，为读者展开了一次视觉上的昆曲之旅，也是昆曲之乡——江苏的出版人为昆曲奉上的最好的礼物了。

插图珍藏本的美与忧

——由刘士林著《苦难美学》说开去

别致的开本、精美的图片、豪华的纸张、细致的排版制作工艺，为文字寻找到精美的物质化形式。随着"图景时代"的到来，"版本升级"成为出版界的热门话题。由图文书进而插图珍藏本，"插图珍藏本"在短时间内成为人文社科图书的佼佼者，销售业绩良好，充分体现了图像的魅力。三联书店的董秀玉曾表示："经过测试，证明图像最能抓住读者的注意力，图文书将会更好地吸引读者阅读文本。优秀的插图会帮助读者加强文意理解。"而"插图珍藏本"文本一般会选取经典，强化了图像的力量，参照国际规格包装文本，从用纸、封面到配图力求体现精品观感、文化色彩和收藏价值。

从目前市场来看，"老照片"等一些图文书近来已日渐式微，在图文中

《美的历程》书影（1）

《美的历程》书影（2）

的"主流"位置受到动摇，插图珍藏本的范围不断扩展，超出了传统的艺术类书籍、图像写真版的图书，对话体、旅游行走类图书显露出迅速升温的迹象，发掘和催生了新的出版"热点"。我们注意到，其中插图珍藏本形式的美学著作逐渐多了起来。因此，关于学术图书与视觉表达如何统一，目前美学著作的插图珍藏本存在哪些优势并产生了哪些忧虑与问题，值得我们进一步研讨。

美学著作中，李泽厚先生的《美的历程》开了学术性著作出版插图珍藏本的先河。1981年初版的《美的历程》，十五六万字，213页的小册子，定价一元九角，原书附有大量的黑白插

页。广西师范大学出版社2001年版的《美的历程》插图珍藏本定价为88元。图片涉及的内容广泛，从远古图腾到明清小说。精美的插图、优良的纸张与丰富多变的排版，使读者在阅读的过程中亲历"美的历程"，也使得这条属于中国之美的时间长廊立体而生动起来。自问世以来，《美的历程》多次再版累计达几十万册，适量的插图珍藏本在市场中也表现不俗，不过也应给读者以选择，推出低定价的普及版本。

是图像的力量，还是图像霸权？如何看待"图像的力量"？如何看待"读图时代"的来临？有专家认为：图文书的畅销，体现了后现代文化对于

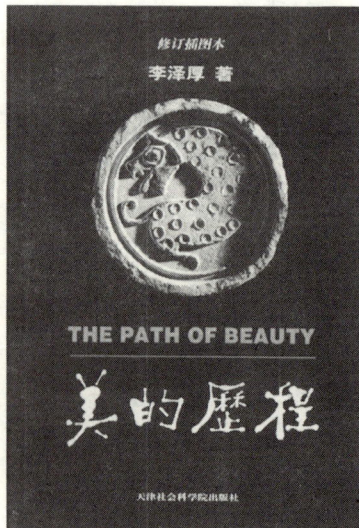

《美的历程》书影（3）

知识的一种解构，图片遮蔽了文字，游戏取代了阅读、娱乐替代了思考。人们从中获得的知识是不系统、不完整的。学者陶东风曾这样表示：

> 我总觉得一本书中出现太多的图片是一种霸权，说图片简单明白，可以调剂晦涩的文字我并不赞同。我觉得图片穿插在文字中打断了阅读的节奏，未必是一件好事，而且图片承载不了文字的内涵，对学术著作而言甚至会削弱其严肃性和完整性。

"纯文本"阅读和"图文阅读"哪种更为我们所需要呢？从阅读的角度考虑，不同的图书形式也培养、影响了不同的阅读习惯。密密匝匝满页的文字，使阅读需要不断地思考与推敲，这对于心智的成长、思维的训练都颇有益处。但另一方面，在文中穿插图片，可以使阅读感觉轻松，同时，图像也可以使读者更直观地感受形象，思绪有所引申，对文字形象有所补充。其实，"纯文本"阅读与"图文阅读"本身并无优劣之分，而是针对特定文本来说适合不适合的问题。

对适宜做成插图珍藏本图书的选择，考验出版商的眼光与胆识。以《美的历程》为例，这本书从宏观鸟瞰角度对中国数千年的艺术、文学作了概括描述和美学把握，叙述了原始远古艺术的"龙飞凤舞"，殷周青铜器艺术的"狞厉的美"，先秦理性的"儒道互补"，楚辞、汉赋、汉画像石之"浪漫主义"，"人的觉醒"的魏晋风度，六朝、唐、宋佛像雕塑、宋之山水绘画以及诗、词、曲之美，明清时期小说、戏曲由浪漫而感伤而现实之变迁，这样的文字辅以大量精美的图片，直观而形象，令我们得以凝视历史的表情，感触美的气息。李泽厚先生在《美的历程》中对图片魅力的解析相当生动，"你不能藐视那已成陈迹的，僵硬了的图像轮廓，你不要以为那只是荒诞不经的神话故事，你不要小看那似乎非常冷静的阴阳八卦……想当年他们都

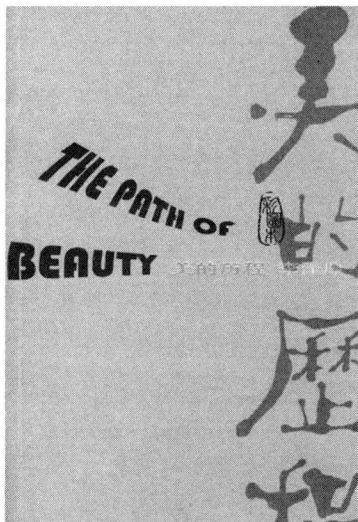

《美的历程》书影（4）

是火一般炽热虔诚的巫术礼仪的组成部分或符号标记。它们是具有神力魔法的舞蹈、歌唱、咒语的浓缩化了的代表。它们浓缩着、积淀着原始人们强烈的情感、思想、信仰和期盼。"

这些叙述对于图片在文本中的应用也具有相当强的针对性，图片赋予文字以强烈的情感与灵魂。我们或许可以这样理解插图珍藏本：作为一种出版手段，它强调以图片形式对于文字的补充、影响、引申。

选取国内外的经典优秀作品，配上精美插图重新出版，这在提升我国一般图书的出版质量上具有重要意义，使其同时具有经典著作和图文类书两大卖点。

另外，经典作品往往是盗版者的主要目标，插图珍藏本由于其成本较高，纸张特殊，不易被盗版，也是防盗版的一种措施。由于图文书的出版成本高，图书定价也偏高。如果强调学术和思想的普及化功能，需要的是便宜的载体，而不是豪华的珍藏本。插图本的主要价值如果更多地体现在观赏、装饰房间和书橱上，那么也就沦为了一种针对市场的商业策略了。

从销售情况看也印证了这一忧虑，装帧豪华的高价图文书在节日图书市场销售较好，平时则表现平平。从价格与实用的角度来看，选择以文字为主的普通书籍则是书虫们的上选了。《中国图书商报》记者唐明霞也表示出担忧："我觉得插图本的定价太过昂贵，我对它的市场号召力存有怀疑。出版社应该对此做更慎重更仔细的探讨后，再去考虑是否大规模地做插图本。"

我们需要什么样的插图珍藏本？

以刘士林先生著《苦难美学》插图珍藏本为例。这是一部原创的美学著作插图本，展现了相当多的插图珍藏本的元素与话题。《苦难美学》全书装帧精美；异形16开本，封面以颜色对比强烈的红黑纸材的折叠拼接、采取挖洞开窗的技巧突出了题名《苦难美学》，版式设计精巧，蕴涵着强烈的视觉震撼，所收一百六十余幅中外美术名作及精彩的说明文字，使本书具有很大的收藏价值。

《苦难美学》立意深邃，理论性较强，在追寻、搜索、生发人类的"苦难智慧"，那种对付困境的人类智慧，或者说一种如何处理"善—恶"共存和"二律背反"的大智慧，否则，难以挽救当代的重重危机。作者取法于康德的先验方法论，并以"道德高于知识"的价值论、实践论，去思考当代现实和危机；准确把握马克思《〈政治经济学批判〉导言》中"生产=消费"循环系统社会分析方法论，厘清人类再生产的三种方式（物质再生产/人自身再生产/精神生产）

及其总体关系;利用经过"十年辛苦不寻常"熔铸的"诗性智慧"的"返本开新"法。秉承他所提出的"新道德主义",他感慨于现实生活中"技术感性"完全取代了人真正的感性,不满于一般的从西方译介过来的精神资源,寻根求源,沿着真善美的"逻辑—历史"二维图式回到轴心时代,回到原始的诗性智慧中去,找寻那使人类历史得以存在的"苦难智慧"。提出惟有这"苦难智慧"的母体"秘方",才能拯救当代人类的灾难,才能"开当代之新命"。

像这样的学术性著作如何进行"插图珍藏本"的编辑与操作,给了我们很多启发。首先是如何配图的问题。理想的插图本应选取大量插图,图与文字的安排妥帖自然,排版舒畅大方,既无拘谨保守之态,又无喧宾夺主、画蛇添足的小家子气。这就需要有关各方对图片有更强的理解和艺术感受力,让图片与文字真正协调互动。"图文两张皮,图不对文,甚至风马牛不相及"是插图本的大忌,而出版商的动机是否纯粹,设计是否高明,出版商的修养高低、是否具有以读者为本的耐心和细致,在配图的过程中都会得以明确体现。

《苦难美学》的图片类别相当丰富,从中国水墨到西方油画作品,从实物到人像,由作者选取,而非编者

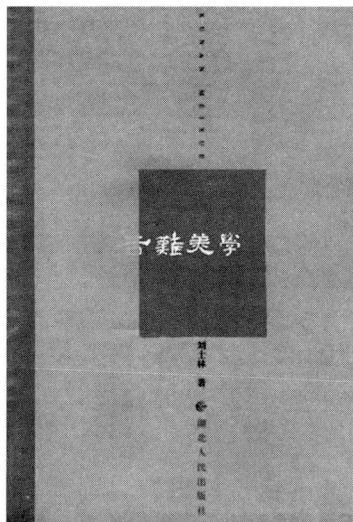

插图本的美与忧:苦难美学

操刀。原创作品由作者选取图片,并配以图片说明,说明文字也相当精彩,图注选取了古典诗文、美学经典著作,有些则是作者对图片的解析感悟。例如在选取的图片《山水花卉册之四》的图注引用了宗白华的《论中西画法的渊源与基础》,"形式之最后与最深的作用,就是它不只是化实相为空灵,引入精神飞跃,超入美景;而尤在于它能进一步引人'由美入真',探入生命节奏的核心。"不仅配合了原文中对于古代文明中诗性伦理的解读,又使读者在阅读的过程中有所启迪,图文配合的相当妥帖。如果仅仅用插图来吸引目光,扩充页码,抬升定价,这些都将损害"插图珍藏本"的品质。

由于配图本身有水平、质量高低之分，配图如果太单调或者与文字不协调、或是编撰者在选择上过于随意就会损害全书的质量。图和文应该是相映成趣、相互辉映的，而不能一方成为另外一方的附庸，尤其是有些比较严肃的学术著作，要配上真正与文字有互动性的图片是一件很不容易的事。

如果配上过多的图片，吸引了读者的视线，转移了注意力，有时反而会削弱文章的力量。为解决这一问题，出版商也有所尝试，如《艺术哲学》插图珍藏本将内文与彩图本分作两本，文字与插画可随意对照，颇有新意。

"我们的一切希望都满怀热忱地寄托于这一认识：在这忐忑不安抽搐着的文化生活和教化斗争下面，隐藏着一种壮丽的、本质上是健康的古老力量，尽管它只是在非常时刻有力地萌动一下，然后重又沉入深渊，等待未来的觉醒。"(《苦难美学》)这是一份忧郁的自信。在"苦难美学"这一原创性理论建构，成为新世纪以来中国思想史上一道澡雪精神、淬砺人物的人文景观的同时，《苦难美学》这一优秀的插图珍藏本也为以后的图文书出版提供了一个范本。

(《苦难美学》，刘士林著，湖北人民出版社2004年4月版)

寻找中国细节的"图说"

——从《装潢志图说》谈起

物质的不断发展改变着我们生活的样貌，同时也伴随着不断的失落，中国细节的不断失落。小桥流水人家的江南园林，乌衣巷边野草花的寻常巷陌，"纸墨精妙，开卷自有一种异香"的线装书，这些曾被邓云乡先生称为中国传统文化的象征(江南园林、绍兴老酒、线装书)正在渐渐地淡出我们的生活，成为不断失落的中国细节与文化碎片。"昔我往矣，今我来思"，我们在这个新世纪的物质迷宫里似乎迷失了方向，哪里通往昔日的"故乡"？哪些能唤起我们对"中国细节"的一种与生俱来的记忆？这并不是怀旧，而是在寻找那些依然清晰而亲近的昨天。

就是在昨天，"我们仿佛跃入那个以身体接触全部物质创造的年代，在融会天地的古代劳动中体会生命存在的快乐"(总序/杭间)，图本为我们展现了有关"故乡"的物质文化情境。毛笔？墨色？裱褙？装潢？对于中国书画装裱的论述，在明末清初周嘉胄的《装潢志》以前，向来只鳞片爪。作为华夏首部装裱专著，《装潢志》则全面系统地总结了装潢经验，在书画装潢史上首屈一指。它与清代康乾年间周二学的《赏延素心录》号称双璧，被装潢家广为传抄。"比雅颂之述作，美大化之馨香"，具有重要的研究价值和参考价值，对于现代读者而言，又具有格外的意义，可以借以重新探索昔日的物质生活、寻找失落的中国细节。

经验的感性总是让我们感到亲切，我们跟随图片中那双朴实、灵巧的手，洗、揭、补、衬边、镶攒、上壁、下壁、安轴、上杆、上贴、贴签，有条不紊地操作。不断出现的古版画、旧插图、出土简册的图片都不断提醒着读者：这是典型的中国语境。中国的书画装潢工艺代代相传，已经形成了一套较为完整的体系，在阅读这一实用而近乎仪式性的传统工艺过程中，昨天似乎更加真切。

"古迹重装如病延医，医善则随手而起，医不善则随剂而毙"，延长书画作品的寿命，烘托书画作品古雅、妍丽的韵味，"书画之有装潢，犹美人之有妆饰也。美人虽姿态天然，苟终日粗服乱头，即风韵不减，亦甚无谓"（《装潢志/小引》，张潮）。由书画保存和观赏的需要而产生的装裱艺术，是中国传统工艺美术中重要而特殊的一个门类。

随着物质生活的不断提高与近现代书籍印刷和商品包装的兴起，限于书画范畴的"装潢"而产生了很多新的应用范畴，包括书籍装帧、商品包装、商品标志和宣传、房屋器物等的外在装饰。"装潢"已经由中国特有的裱褙书画、碑帖的技术，转变成基于全球语汇情景下的现代设计门类，一门工艺性很强的综合艺术。

无论是古代，还是在今天，这种中国特有的传统手工艺术并未得到应有的重视，更缺乏较系统的著述，我国古代的关于装潢的书籍，仅有《装潢志》和《赏延素心录》两本专著，其他则散见于浩繁的书论、画论、笔记、史籍和文集中。传统工艺多以技术与经验的祖孙相传、师徒相承、口手相传的传授方式为主，视技术为秘传珍本，不愿公

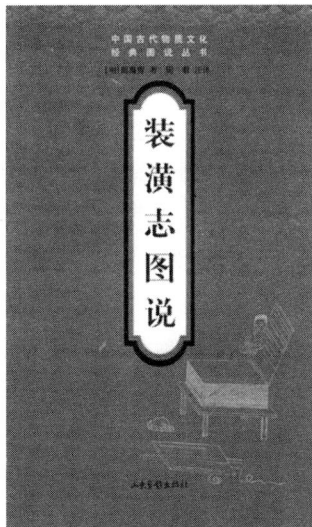

《装潢志图说》书影

之于众。更重要的原因，在于人们思想中根深蒂固的"重道轻器"的观念。

因为装潢是传统手工艺的一部分，阻碍了这种传统民族工艺的普及和提高，因此也更见周嘉胄当时的见识不凡。周嘉胄，字江左，明代末期淮海人(今江苏扬州人)，在研究江南地区装裱工艺的基础上著成此书，对于书画收藏、鉴定以及装裱的方法都有极为深刻的认识，有所建树。全书共分四十二题，对揭洗、修补、全色、镶嵌、覆背、上下壁、安轴、上杆、上贴、加绳圈、贴签、囊函等提出了具体要求，说明了装裱书画碑帖的各种技术、格式、设备、工具等，叙述的先后体现了装裱的工艺过程，阐述最为系统和全面。

《装潢志图说》一书中也同时收录了周二学的《赏延素心录》，双璧俱现，嘉惠读者。周二学，字幼闻，号药坡，清朝钱塘人。全书从揭洗、补缀破画、立轴装裱、横卷及册页装裱、糊法、裱画季节及悬挂、跋尾印记等十部分展开论述，介绍了许多装裱和修补破画的经验。它与《装潢志》可称为书画装潢学方面最具代表性完整性的姊妹篇。两书均篇幅不长，但都精而不苟，简要精到，悉有成效，是中国明清两代装潢技艺的宝贵总结，一向为装裱家所手自传抄，奉为圭臬。

而对于普通读者来说，这无疑也是解读中国细节的入口，典型而又直观，同时不乏趣味性。为了克服《装潢志》作为装裱专著的专业性与古代语词的这些阅读障碍，《装潢志图说》的编者做出了相当大的努力，《装潢志》原文仅有4000多字，《装潢志图说》在篇幅上则扩展了不少，并配有70多幅图片，在结构上包括导读性质的"关于《装潢志》"、图文相配的"装潢志图说"分步骤地解说了装潢的各个环节，附录中包括《装潢志》原文的全文译文与《赏延素心录》的注译，并附录了《中国书画装裱古籍举要》与《中国书画装潢概说》，为读者进一步了解中国书画装裱工艺提供了更多的资料和线索。

"所录原文，则细心比较诸家版本，不同的文字，择善而从。所取图片，虽非古物，却是真实之图，从中自可窥见装裱之堂奥。"全文横排，加标点，简体字，加注释，而且还配插了大量有关的实物图片及示意性图片，可以为人们提供非常直观的形象，更有助于读者对文本本身的理解。瘦长16开本，古意盎然。除了注释字词典故之外，直接插配了大量有关的图片，这样的结构安更适宜于操作性比较强的装裱专业的特色。编者在编排形式上大胆探索，改变了阅读古籍的传统方式，志在普及，意在推广，使每一个中国读者能够重温这些美好的心灵往事，感受这些细致真切的中国细节。

《装满志图说》是"中国古代物质文化经典图说丛书"之一种，另外已出版的两种是《考工记图说》和《园冶图说》。这三种书都是我国古代传统手工艺术非常重要的文献，《考工记》是中国目前所见年代最早的手工业技术文献，书中保留有大量先秦的手工业生产技术、工艺美术资料，记载了一系列的生产管理和营建制度，真实地反映了当时的思想观念。《园冶》是明代著名的造园专家计成积几十年建造园林的经验而写就的一本园林学著作。此书为后世的园林建造提供了理论框架，以及可供模仿的范本。

在新千年的脚步迈入21世纪之后，我们来重新审视并不遥远的中国物质文化传统，也许具有巨大的现实意义，当代物质文明的进步如果以彻底抛弃旧有文化传统为筹码，全球化的发展如果以消除地域文化为代价，那么在未来的地球村落里，我们将最终成为没有过去也没有未来的文化孤儿，前不见古人，后不见来者的迷途者。

这里，强调"中国细节"是为了明确在世界文化格局中本土文化价值的重要性，强调"本土"，是为了整理出知识体系———一个科学的、冷静的、非民族主义的、全方位的传统文化体系，促使我们眼光放远，在多元的现实和

历史的回响中去寻找真正的"本土价值"。在某种意义上，这个话题超越了书籍的出版范畴，而为文化续命，为民族寻找失落的文化细节，不正是每个出版人的光荣与梦想吗？

（《装潢志图说》，[明]周嘉胄著，田君注释，山东画报出版社2003年1月版）

又见江南
——漫谈《江南的两张面孔》的诞生

偏偏用白，这种最娇嫩、最消受不起岁月的白色做了封面。一弯清瘦的银色月牙儿，泊在了浑圆的水墨印子

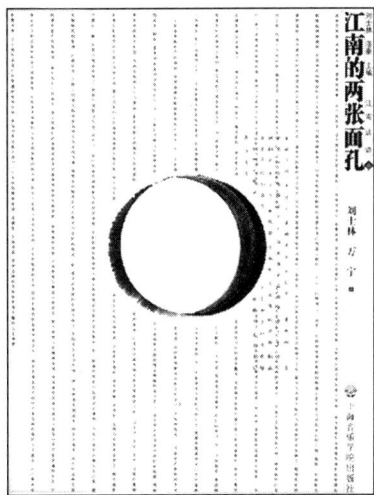

《江南的两张面孔》初版

中,不知今夕何夕。犹如清冷的月光中,袅娜的唱词声起:

　　家住江南　又过了　清明寒食　花径里　一番风雨一番狼藉　红粉暗随流水去

　　"江畔何人初见月,江月何年初照人。"(张若虚《春江花月夜》)这颗挂了千年的泪滴终于滑落,濡湿了面前短短的诗笺。在时光中渐行渐远的歌声似乎仍然萦绕耳边,那建构在诗歌中的美丽江南却经不起一个淡淡的手印,经不起任何一点无心的背叛,好像这个白色封面,充满了脆弱而决绝的美。

　　"想好好地做一点江南的书,这个愿望实在是不算短了。"提起这本书的诞生,实在是有太多的话题,而最值得一提的则是合作过程中的欣然与快慰。一群志同道合的朋友,共同关心的理想话题,在讨论中不断浮现的完美彼岸,虽然其中也有力不从心的遗憾,但在不断的沟通与协作中,这种奔向理想彼岸的过程之美完全报偿了我们创作时的艰难与面对未知世界的孤独感。对于一切已经丧失物质躯壳的往昔事物,它们的存在和澄明当然只能依靠语言和声音来维系。我们希冀着从江南一古一今的相互映照及其趣味性中,用一种现代性中国话语,建构一个有生命的古典人文江南。

解题:对照记

　　很多朋友问起,到底什么是江南的"两张面孔"?所谓的"two faces"指的是"江南"这一意象所表现出来的双重性,一张面孔是古典诗词中那个强大的、稳定而永恒的江南,因为"历代的歌咏、诗词已在我们的头脑中预先设定了诗意的笔调,勾勒出了美好的古典图景,而这种想象又因文字资料的层累、融合,显得特别丰盈、妙不可言。毫无防备的我们集体沉醉在这样一个由文字搭建的江南意象中,不由自主地成为这种古典江南意象的同谋"(万宇《夜雨寄北》)。

　　另外一张面孔,则是我们现在所强烈感受到的在城市化进程中争先恐后、表现不俗的江南城镇。虽然黄梅时节的细雨、青草池塘的蛙鸣依然如约而至,但江南采莲的洗纱女子在恒温的写字间里哪会知道季节变迁,晴耕雨读的人们或在商海沉浮,或在职场拼杀,诗歌时代的长干、横塘与南浦早已不可复闻。尽管自然的时序并未因为时间的流逝而变迁,但是现在的江南已经告别了那种古典诗意,浮现出另外一种鲜明但不为人所重视的现代性面孔。江南正在与自身的古典诗意相脱离。

　　城市正在慢慢磨灭自己的个性,

它对那被消解的古典诗意，没有犹豫，没有悲伤，相反倒有些沾沾自喜。这种文化上的断裂与背离为什么人们毫无反应，为什么还可以轻易甚至愉快地接受这种对诗性江南肆意的修改与践踏？

千人一面的城市图景难道真的适合有着悠久文化传统的江南吗？

因此，提起江南，真有无限感慨，而这本书的创意也产生于非常偶然的聊天，关于"江南"这一古一今的相互映照及其趣味性的讨论使我们产生了不妨将其做成书的念头。在这里，不能不提的是"江南话语"的另外一位主编洛秦先生，他长期致力于音乐人类学的研究，对于"江南"这个重要的文化概念有着更加宽广与悲悯的理解，"对于一切已经丧失物质躯壳的往昔事物，它们的存在和澄明当然只能依靠语言和声音来维系。用一种现代性的中国话语去建构一个有生命的古典人文江南，就是勉励我们策划'江南话语'并将之付诸实践的最高理念和实践力量"。

于是就有了这套由上海音乐学院出版社出版的"江南话语"丛书的产生。《江南的两张面孔》是其中的一本。该丛书的主编人之一刘士林先生，早年写诗，长期从事诗歌研究，认为"中国文化是诗性文化"，诗"渗透、积淀在传统社会的政治、经济、科学、艺术各个门类中，并影响，甚至是暗暗地决定了它们的历史命运"。他的江南是一种烟雾缭绕的"雌性的丽辉"，一种可以吸附所有冲动与力量的山谷，一种可以溶解所有郁积与顽固的清溪，一阵可以表达所有疑问与痛苦的风声，一缕可以照亮所有深度与黑暗的光线……这就是古人讲的那种玄之又玄的万物之母与众妙之门。（刘士林《忆江南》）

谋篇：诗意之旅

江南的历史存在于诗歌的文本中，等待着我们解读，并中发掘埋藏在诗歌中的关于它的整个文化记忆。"诗歌"一线索正是刘士林先生发掘江南文化记忆的精神通道，"江南"是在他诗学研究中念兹在兹的人文关键词。鉴于此，整本书的写作均采用分节形式，文体散漫，线索清雅不俗，颇有趣味。如"忆江南"中，刘先生为他心目中的江南，作了一个很有创意的排序，并以诗歌解题，别致有趣：

第一当属江南的青山绿水，"我见青山多妩媚，料青山见我应如是"。

第二当属无限春光，"枕上片时春梦中，行尽江南数千里"。

第三是江南的如云美女，"南国女儿是纯粹为了爱情而降生的天神"。

第四是不可胜数的词人骚客，"红袖添香夜读书"，"小红低唱我吹箫"。

第五是江南的诗篇,"侬家自有麒麟阁,第一功名只赏诗"。

第六是"吴带当风"的歌舞。

第七是"江南那充满茶韵的低度美酒"。

此外,在不断的沟通与交流中,随着江南两张面孔的不断浮现,我们将全书的整体结构分为上下两篇,均采用诗句做题,刻画出江南的诗意图景。

书的上篇为刘士林先生撰写的《忆江南》,解读的是古典诗歌文本中诗性的江南。"尽管正在人们注目中的这个湿润世界,已经更多地被归入历史的和怀旧的对象,但由于说话人本身是活的,正在呼吸着的生命,因而在他们的叙事中也会有一种在其他话语空间中不易见到的现代人文意义。让江南永远是她自身,让江南在话语之中穿越时光和空间,成为中华民族生活中一个永恒的精神家园。"

下篇是我撰写的《夜雨寄北》,以一个现代漫游者的角度来体味江南,感受江南古典诗意的缺失。感慨中,对于这种缺失,并不仅仅是简单的遗憾和叹息,在认可城市现代化的同时,意识到这是个诗意远去的时代,要让后人永远完整地保留文化遗迹显然是不可能的,但希望能探索出更好的解决问题的方法。城市化的进程固然在所难免,但是不应该毁坏太多本来的东西。一个有

年头有文化积淀的城市或区域中,应该保留有不同的时间线索。我认为,历史应该就在眼前,文化就蕴涵在那些经过历史剥蚀的时光废墟当中。

江南的两张面孔之对比呈现,告诉我们,当我们以缩短时间为代价,制造虚假的繁荣来迅速向现代化靠拢的时候,也正是我们不断和自身、自身的文化与历史相脱离的过程。当最初诗歌视野中那个"莲叶何田田"的江南被现代化进程的脚步不断破坏的今天,对于江南的怀想与回望不仅弥补了现实的想象再造,更是对于粗糙外部世界的抗拒和思索。城市化的代价是否太大了,有没有一种更为妥帖的方式来为我们的民族保留一条完整的精神脉络,我们也似乎更能感觉到自历史深处传来的那声悠长叹息在心灵中的震颤,而这一点正是我们想带给读者的不同于其他江南游记的精神内核。

附篇题为《西洲在何处》,是刘士林先生的江南生活随笔,为我们展现了一个生活在南京的普通市民的忧伤与快乐。

写作:近乡情怯

在《夜雨寄北》中,江南的日常生活:盐水鸭,粉丝汤,南京的书店,江南的藏书乡所构成的"失落的天堂"等,使如今的江南展现在人们视野中的只

剩下这样一些琐琐碎碎的细节。江南在现代化城市的发展进程中面临着一种全方位的"诗意的缺失"。这种缺失使江南的每一座城市，以及它们在古典诗歌中的每一个情影都变得面目可疑。科学技术的进步、商业与产业的更新，大众的消费时代，使诗歌的吟咏逐渐地淡出人们的日常生活。诗歌开始变成流行歌曲，变成电视散文，变成网络文学，变成一点点偶然的心动，……工具主义的技术原则侵扰到我们的生活和文化领域，使我们日益困在一个人工制造的模拟世界之中，在这个生活日益人工化、物质化的世界里，我们已经很难确立一种稳定的社会价值观，甚至很难辨别真实与虚构，诗歌从我们的日常生活中迅速消退，并不是因为现在的人们不再需要诗歌，而是因为在现代化的过程中，不经意间我们对古典诗意的把握有着太多的漫不经心。

于是，对于一些期待与想象，身临其境就不可避免地成为一件很残酷的事情。徜徉江南山水之间，任是谁都摆脱不了那些自历史深处而来的文字所散发出的力量和气息，它来自那幸存的断垣残壁、废墟，以及文人墨客遗留在诗歌中的记忆。今天，乌衣巷中的沧桑感慨被物化成了"青砖小瓦马头墙"的仿古院落，那簇新的装饰似乎还在散发着水泥气息，那旧时王谢堂前的燕子，还能找得回面目全非的旧巢吗？如此这般的"王谢故居"纪念馆，又能唤起多少对于诗歌的悠长记忆？这种互相映照中的失落与怀疑，在旅途中始终细细密密地啮噬着我们的情绪，虚构中的世界与现实之间的不协调使得我们的旅行显得多么地惊惶失措、冒失乃至不安啊！

写作的过程同样是一次冒失的旅行。几乎每次提笔，我都能体会到一种文字悬而不置的痛苦和焦灼。近乡情怯，置身江南的我，似乎永远没法子将那些凌乱的思绪一一安妥，也无法将脑海里瞬间绽放的花朵真实地描摹下来。那些词句悬于半空，永远也表达不了我内心的完美。同时，这又是

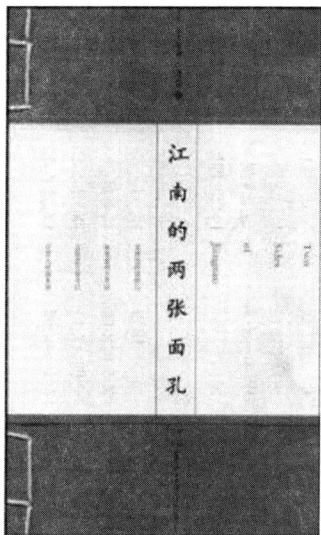

《江南的两张面孔》竖排本

西湖暮色

一次难得的经验，如同经历了一个又一个神奇的魔法时刻，无数通往回忆、想象的精神通道得以一一开启。所有的故事都涌向了这些春天的暧昧的夜晚。外在的世界开始变得不再真实，日常的平凡琐事也开始具有了审美的意义，似乎连最普通的地名也转变成了意味深长的寓言。幻觉不断产生。而我也不再是一个背包的行者，任何外在的限制都消失得无影无踪。山川不再难以逾越，时光不再难以追溯，真是一次神奇的旅行。我自由地在时空之间穿梭，并在旅行中不断发现着江南面孔背后的自我，原来旅行竟然是一场自己跟自己玩的捉迷藏。

设计:对比之美

"江南"似乎蕴藏了太多的精神内涵，很难用任何一种文化符号来将其穷尽，为了表现《江南的两张面孔》这一矛盾的组合体，构思书籍装帧设计的朱赢椿先生花费了大量的心思。经过反复的推敲与修改，图书最终以封面取白、封底用黑的清新素雅的面孔出现在读者面前。设计时，他没有局限于传统的"水"、"墙"、"船"、"衣"等惯用的设计元素，而是采用新颖简洁的"抽象提炼"的形式来尽可能完整地传达出江南的意蕴，以黑白为主色，一方面充分展示"黑白之美"的水墨技法，丝毫不借助具象的图形表达方式，另一方面在黑白之间大量使用"灰"，恰到好处地消解黑白对比的"生硬"感，墨点和墨团勾勒出水墨的自然氤氲效果，使"江南"的"柔"在灰色中自然而然地流露出来，深浅浓淡相宜渲染出江南如诗如画、如梦如幻的诗情画意，巧妙地体现出江南丰富的内涵以及对其丰富抽象之后的简约，从而给读者留下了许多的想象空间。

此外，在江南生活的所有诗性细节之中，不能不提的还有那最令人消受不起的"还乡感"。对于中国人的文化记忆而言，江南似乎是天下游子的生命家园、精神的天堂。江南储存了中国人的一种集体记忆，任何一个中国人都可以从意识深处找到一点有关江南的记忆碎片。良辰美景中的旧时院落，风雨黄昏中的客舟孤旅之中，那属于青春、爱情、梦幻的江南生活似乎是一种美丽的幻觉……此时此刻，这本书最终诞生，使游子的跋涉奔波与故乡、乡愁、回忆等心理事件得以重新整合、储存。因此，我们随书所配的CD选目均为传统曲目，如"茉莉花"、"二泉映月"，编配采用现代手法。图片方面则不拘一格，"忆江南"选配古典名画，而"夜雨寄北"选用摄影图片。从文字、配图到音乐，在细节当中处处对比，以期能比较完整地体现江南"面孔"的双重性。

我，终于可以从杂尘中抽身而出，躲进小楼，心在散发墨香的书页中有着文字过滤后的澄澈，再一抬头看窗外的世界，平凡简单的景物中竟有着不可言说的生命之美，好像有着我们从前未曾注意过的清新。这就是为我们所经常忽略的江南之春吗？还是设计者朱赢椿先生说得好：

当菲林被送进印刷厂，内心深处总会有莫名的担忧：因为前期所有的设计都是"纸上谈兵"，作品的最终问世还需要印刷工艺的转换以及读者的检验。

就让那忧伤的历史回忆、现实的生活碎片，伴随着窗外春夜细雨，陪伴我度过江南最美丽的时光吧。每当我回想起江南的面孔不断浮现的过程，亲眼目睹自己的理想在朋友们的努力中一点一滴地成型，都会倍感幸福。

五湖四海三江月
一叶蓬窗数卷书

在我国的文化版图上，江南是一块神奇的区域，能不忆江南？山温水软，春来江水绿如蓝。江南作为一种文化的烙印，潜移默化，似乎融入了每一个江南人的血脉，乃至于浸入到每一种外来文化之中。杨柳岸，晓风残月，作为一种文化的底蕴，已深入骨髓。

地域对文化的影响是一种综合性的影响，决不仅止于地形、气候等自然条件，更包括历史形成的人文环境的种种因素，例如该地区特定的历史沿革，民族关系、人口迁徙，教育状况、风俗民情、语言乡音。所以在江南文化研究中，更值得关注的是，作为江南文化的创造者、负载者、传播者的人、家族和社会。江庆柏先生的《明清苏南望族文化研究》一书是从家族研究的角度切入研究江南文化，研究苏南望族与江南文化之间的关系，为我们开拓了崭新的思考领域，着眼点新颖、独到。

年逾九旬的徐复老先生为其所作《序》中盛赞:《明清苏南望族文化研究》一书"是迄今为止首次对苏南望族的文化特征所作的较为全面的探讨"。称赞作者的"望族"文化研究是开先河之

《明清苏南望族文化研究》书影

作,"苏南地区是我国古代家族制度最为发达的地区之一，也是家族功能，尤其是家族文化功能发挥得最充分的地区之一，但目前国内外对这一地区的历史、文化、经济发展等状况研究较充分，而对家族的研究则还不够，至今尚缺乏专门性的研究问世。"

望族，即"有声望的世家大族"，书中所指"苏南"指"南京市以外的江苏省南部地区，即镇、常、锡、苏四市"。随着历史上苏南地区经济地位的日益显重，苏南望族逐渐发展、壮大，其典型形态在明清两代，

特别是在清代。分析其实质,"明清时期的苏南望族本质上是一种文化型家族。"对于江南文化的形成与发展都起了不可估量的作用。"世间几百年旧家,无非积德,天下第一件好事,还是读书"。苏南望族的"文化"特征又决定着其他特征,如特别重视教育,注重家学,在家族教育上有大量投入,具有丰富的图书收藏,为家族子弟就读提供了切实的基础,尤以在科举上的成功特别突出,所出进士、状元为全国之冠。

同时,家族特别注重家族文献的收集与整理,其规模和质量都是其他地区的家族所无法比拟的。重视藏书、刻书、文化交往,整体的文化品位、文化素质较高,饱含书卷气。在这些家族中,出现了大批文化型的人才,显示了人才密度的绝对优势,并进而形成了区域文化中心。与江南文化的形成、发展有着千丝万缕、密不可分的关系,并强化了江南文化的家族特色。

全书分十四章,从"苏南望族的基本特征及其发展过程"起笔,从"苏南望族发展的社会环境",分析了"苏南望族的文化特征",之后分章论述了"苏南望族与家族教育"、"苏南望族与科举"、"苏南望族的人才优势"等问题,饶有兴趣地探讨了"苏南望族中的女性"的悲欢,从文化的角度条分缕析"苏南望族中的文化学术活动"、"苏南望族与图书"、"苏南望族与家族藏书"、"苏南望族与家族文献整理"、"苏南望族间的文化交往",作了大量细化的研究,最后以"苏南望族与地方"、"苏南望族与宗谱编纂"结笔。其间引用了大量经常为人忽视的家谱、方志和文集以及相关史料、研究专著、目录等,征引广博,标注明晰,书后附的主要参考文献密密地排了7页,为有兴趣于此研究的读者提供了文献源流,也是作者学术劳动积累的明证。

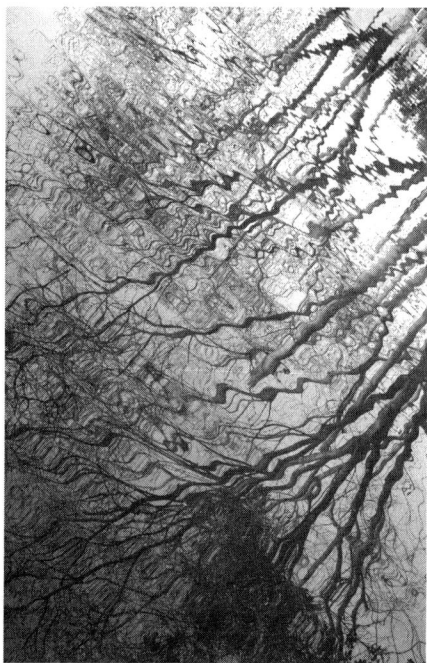

"鸟语初晴深院静,花香小树绮帘疏。天开图画山为架,地如琅嬛屋满书。"这是黄庭坚描写屈轶的新居

环境时所写下的诗句。作为一种文化型家族，苏南望族所表现出来的基本特征为："家族以实现本家族的文化性为自己的追求目标，家族成员具有强烈的文化意识，他们所从事的职业也以文化型为主，或具有文化特征;家族具有相当的文化积累，并有一定的文献储存;家族内进行着广泛的文化交流。苏南望族在文化上的发展深深地影响着本家族成员的发展，同时也深刻地影响着苏南社会的发展。"藏书、刻书在江南蔚为风气。图书大量积存在苏南，士子文人云集，是该地区始终能保持人文荟萃、书香盈邑的重要因素之一，正如后人所说他们中的大多数"一生都在书籍里旅行"。

作者在大量收集史料的基础上采取科学的研究方法，使其真实可信，令人信服。以第十章"苏南望族与家族藏书"为例，分为"家族藏书的基本情况"、"家族藏书的图书来源及其管理"、"家族藏书的特点及其文化功能"、"《孙氏祠堂书目》—部家族导读书目的分析"、"《养和阁矩约》—份家族藏书约的分析"、"《昆山赵氏图书馆》—份家族图书馆的分析"，从点到面，由人物到家族，提供了大量第一手的材料，为研究文化、藏书乃至图书馆学等相关学科都提供了崭新的学术思路和可靠的研究范本。

虽然是学术著作，作者的语言仍有闲云流水般的流畅和闲适，且看下面这两段：

"老屋三间傍水滨，摊书却喜绝尘嚣。"读书能使自己杜绝世间一切无谓的应酬，而在遇到烦恼时，"隐几垂帘似坐禅，遣愁聊复阅残编"，读书又成了安定心灵的良药。

因此，在他们思乡时，萦绕心头的，不仅有父母妻儿的那份亲情，有江南杨柳烟雨那番景致，有湖上垂钓那份闲适，更有"一盏禅灯伴读书"那种书的氛围，这不是其他条件能代替的。

情之所系，难免动情，大概也是作

者文人气质的体现吧，想来作者也是趣中索源，欣而有味，分外可得创作的乐趣。作者在后记中说，对苏南文化与苏南望族这一现象感兴趣始于1987年参加《江苏艺文志》的编纂时，至今才"把试于人"，可谓是"十年磨一剑"。

另外值得一提的是本书所归入的南京师范大学文学院所编的丛书"随园薪积"，选该院教师在"古代文学之文献与理论研究"方面的优秀著作，意取《史记·汲郑列传》"积薪"而"后来者居上"之喻，冀望于不断提高学术品位，又取《庄子·养生主》中"指穷于为薪，火传也，不知其尽也"之喻，使精神生命仰仗学术著作的流传而至永恒。用意深邃，又典雅端和。该丛书30余种，涵括古代文学、文献学、古代文论等各个门类，从先秦直至晚清等各个时代，诗文、词曲、戏剧、小说等各种文体，涵盖面广，洋洋大观，由数个不同出版社先后推出，装帧典雅秀美，风格统一。《明清苏南望族文化研究》一书封面设计淡雅清隽，上半是一幅虚化的风景做背景，隐约可见参差错落的马头墙，前景是一只古色古香的青瓷瓶，清晰圆润，正题"明清苏南望族文化研究"竖排仿古籍签条状，右首鱼尾栏里竖排"中国古代文学:文献与理论研究"。作者名、出版社名皆竖排，色调青灰，悠然有古风遗韵。下部

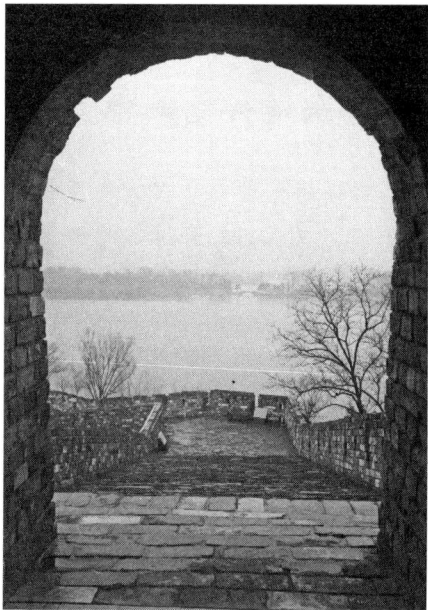

烟雨迷蒙中的玄武湖

留白，节奏参差，似余音袅袅。

"几家茅屋护疏篱，红树参差映碧溪。更有幽人读书处，夕阳深巷板桥西。"(昭文黄镇《村有即景》诗)旧时王、谢，已成烟尘，世家名族，空自飘零，唯有乌衣巷口的野花，依然自在。所幸文化的血脉代代相承，江南的读书声仍旧琅琅。"五湖烟水三江月，一叶篷窗数卷书"，愿乘着书意的微醺，漂流在这样一条书香氤氲的河流之上，回溯文化的源流，追寻文化的本真。

(《明清苏南望族文化研究》，江庆柏著，南京师范大学出版社1999年版)

大地许诺幸福

幸福的标准确实很难衡量如同一把奇怪的尺，丈量心灵的细微感受。它的刻度并非物质的富足与生活的声色陆离，而是一些令人心动的细节。丘彦明的这本《浮生悠悠——荷兰田园散记》记录着她朴实的田园生活，而其中漫溢充盈的则是那种幸福的感觉和丰富的细节。打量着满地肥硕的菜蔬，琢磨着餐桌菜色，阳光空气土壤的养分在十分钟的路程后进了肚，随手才把仍带着泥土芳香的香葱佐餐……

一餐一饭，一花一苗，更加触动了我们对生存、对生命的思考——人间处处有桃源。按照古希腊的"幸福"论，幸福是一种能使人们最深刻地实现其本性的生活状态，是一个人生活的完美目的因此，也是因人而异。作者丘彦明就在与大地的一问一答、在一耕一作中找寻到了那种稳定而满足的幸福感，为我们提供了另外一种幸福的答案样板这种幸福来自于我们依存的自然与大地。

诗人爱默森这样写道："大地可以消除我们文化当中的错误和虚幻我们所居住的大地是我们心灵和身体的良药和粮食，而大地深具治疗性的宁静力量，则是要修复传统的学究式教育所造成的错误，以带领我们回归到天人之间的单纯关系。"《浮生悠悠》则完美地阐释了这一说法，不过，她用的是更为朴实的笔触，用一个"农妇"的劳动日志来记录着她的所思所感。

大地的确可以教会我们很多东西。人在接近大地的时候最容易感到满足与愉悦。"眼看翻土、播种、浇水、除草、施肥，无一不做得有板有

自然才是本色，大地许诺幸福

眼,绿色的生命纷纷在自己的关照下苗长,更是兴味盎然",没想到这种中国式《归园田居》的生活艺术与田园情趣在异邦荷兰得到了笺注,"走进菜地,如踏足于绿色的国度,连空气的颜色与气味都是绿色的。每日,我总有极长的时间待在菜园中,浏览着青绿的色块,呼吸着鲜绿的空气,让自己包裹在绿色的汁液里。逐渐、逐渐滚染出一个绿色的人,安静而恬适。"

这种对田园生活的向往与描绘可谓传统悠长,近来又有园艺散文(或扩大格局为自然写作)类的主题作品不断为我们提供绿色的"文字浴"。在古今中外的众多作品中,由于写作动机的细微差异而呈现出不同的风貌。如田园派的作品,包括陶诗与《归园田居》,及晚明小品咏物体的作品,基本上是文人旁观式的感受,此中情调是"贫无隙地栽桃李,日日门前看卖花",而西方梭罗的《湖滨散曲》与吉辛《四季随笔》则是另外一种思维与创作的思路,作为一个切身劳作的"农人"来接触与感受自然,《浮生悠悠》则更多地继承了这种创作思路,体力劳作与审美情趣并重,人文和自然并交,同时也凭借作者的画布以素描的形式为我们呈现了所耕种的植物样貌。作品在文学、哲学、生活美学甚至植物学中的复合意味,正是我特

《浮生悠悠》书影

别欣赏的原因。

这种"新园艺散文"的写作,值得我们重视。从更深意味来思索,这类作品的出现也体现了人类对于现代工业文明的反思,对大地的依恋也许正是出于对农业文明所产生的大地美学的精神回归。在享受了工业化文明的高速奔驰与物质大餐之后,人们似乎有了在自然中寻找精神之根的冲动,这种"种植"行为不再是为了获取收成创造价值的劳动,而成为一种审美行为,一种生活艺术。正如作者笔下200平方米的"闲园",并非齐整的"菜圃",劳作的方式也"完全依兴之所至,没有规矩",她的耕种"志不在收成,只为喜欢田园生活"。

大地是格外慷慨的,作者"从花果蔬菜的成长过程中学到了许多功课",从审美的角度获得了丰富的美感体验,"欣赏每一类蔬菜、花、果完整的生命过程:种子的美丽、幼苗的美丽、茎干壮大后的美丽、开花的美丽、结果的美丽、凋落的美丽以及枯干了的美丽",而意外之得,也是更珍贵的则是"面对生命的态度",进而思考了人与自然的关系。

自然才是本色,大地许诺幸福。读者有福了,在作者为我们描绘的"任花、菜纵情野长"闲园中体会着散散落落的层次与延绵无尽的色彩,更在这块土地上发现了一种心灵的归宿,这种新的土地束缚并未约束我们的心灵,而是一种更为广阔的心情体验,自然变成了朋友,土地变成了家乡。由于过于精细的专业分工、分隔的居住方式,以及价值观的变更,都使人们的心灵处于一种隔膜的状态,这种现代都市中强烈的"孤独症"也许能够在大地的治疗中逐渐康复。

从文学的价值来看,《浮》一书也为我们提供了相当精彩的样本。文字朴实,结构清晰,叙事流畅,浓墨重彩时又不失华美,时而点缀一些幽默与戏谑,加之其中不时出现的绿色食谱,不觉令人对这种平静而简单的幸福心向往之。"不同大小的一块块农园,分别栽种着不同的瓜果蔬菜及鲜花,有人正在喷水、有人弯蹲整地,有人歇坐小凳上聊天,当然有更多的人采摘园中的蔬菜,脸上绽放着无饰的愉悦。恍恍惚惚以为走在伊甸园里。"难怪李欧梵先生这样又羡又妒地感慨:这真是"现代版的《浮生六记》"!养花、种菜、写作、弹琴、绘画,这种安静悠闲、平淡恬然的桃源生活正如王尔德所说,不是艺术模仿生活,而是生活模仿艺术。

如果说自然的恩赐给了作者无限的充实,那么真正令作者欢喜、令读者沉醉的则是人与土地、人与人之间那种亲密无间的关系与情感。如作者丘彦明在《后记》所说,"出版这本书,除了感激之心外,最大的快乐莫过于能与读者分享人与人之间的祥和、关爱,以及生活在大自然间的轻松、愉悦。"自然物之外,人情更美,耕种罢,与其他农夫喝咖啡、聊家常、谈长势,在大家互赠的青苗、果实与种子中传递着互相关切之情;收获丰美、自给自足之余还能与朋友、邻里分享收成,农伴、邻里如亲人、如旧友,这似乎就是土地为我们带来的故乡。

"幸福并不遥远,就看你怎么面对",对人、对土地皆如是。全书中洋溢的幸福感不仅来自"我费尽心思寻找自己,却找到你"的爱情,更来自生发于土地的人情之温暖。打开书，如同进人一个人的生活，这是一本完全个人化的笔记，点点滴滴记录着生活中鲜活的细节。事实上，这是作者众多的记事本之一，"(记事簿)一本专记杂事约会，一本记录菜园、花园、室内植物的成长变迁，一本是食谱……一本读书笔记(兼作随笔)，一本速写簿……还有一本'唐效(作者的丈夫)言行录'"，《浮生悠悠》就是九年植物笔记的结果。通读全书，不觉感慨，真是个有心人。这也正是一个珍惜生活的女人写在岁月边上的文字，这些特别的人、个别的事、偶然、机缘……惟其特别更多地引发了情感的交汇。在作者的笔下，这些苦瓜、丝瓜、豌豆、草莓、白萝卜等寻常物似乎也具有了智慧，牡丹、茶花、睡莲、玫瑰、大丽花等格外有情。在她工工整整的种田笔记中，如数家珍地描绘各种植物特性，详细记录作物种植情况，仔细地配上植物素描，另有荷兰小镇风情速写，汇成了这本韵味悠长、情趣无穷的书。

物质世界坐在马鞍上，支配着人类;科技能带来物质上的利益，但是也可能威胁到大自然以及人类与大自然间的心灵相通。我们似乎太过重视生活水准，而忽略了生命的意义。这本朴素无华的《浮生悠悠》，似乎仅仅关

人间处处有桃源

乎她的植物、农园与二人生活，我想更多的意义在于为人们提供了一种可能，正如作者在文中所说，耕读生活之中，"从土地里，我不仅得到了健康的身体，还学习到了诚恳扎实、尊重生命的态度，更维持了安静自在的性情"。时间如同河流，临流自照，有恐惧有领悟，也有所得，这本书汇聚了绵长时光，在养花、种菜、写作、绘画、烹饪中见真意。耕种劳作，不为尘俗名利，生活之美无往而不在，平静而丰盈这正是大地许诺给我们的幸福。

新诗的旧帐

——从未刊的《小春集》封面说开去

在新近出版的《孙望选集》正文前的题图中看到了一张珍贵的图片，不由喜出望外。这是钱君匋先生为他的新诗集《小春集》所设计的封面。更令人欣喜的是，机缘巧合，笔者见到了由孙望先生亲自誊写《小春集》的手稿本。原稿题为《小春集》，实际为《小春集》与《江南集》的合刊（合订成一册）。封面设计是钱先生的原稿，别致大方，一弯残月，深黛的远山，草木图案简洁，风格清冷，并用铅笔在图片旁边标明所选用的纸张及图案的颜色，字迹清晰可辨。因为是手稿原图，并未上色处理，只用铅笔字标出应

选用的颜色。（如左图）书中也提供了《小春集》目录的图片，但颜色有些失真，根据笔者对实物的翻看，内页用粉红色的纸张抄录了诗作，字迹清秀、版式经过认真的排列，足见孙望先生对于这部手稿的珍视。可惜的是这部书稿并未按照设计者与作者的预期得以顺利出版。在抗战期间，《小春集》草草地印行，并未采用钱先生的设计，纸张粗劣，印量也少得可怜。今天已经很难寻觅，所幸的是在新出版的《孙望选集》（精装本一册，平装本两册）中全文收录了此手稿中的所有诗作。

在孙望先生选辑的《战前中国新诗选》序言中，（此书初版于1944年大后方的成都，该书由江西人民出版社"百花洲文库"1983年10月重刊）曾提到这部《小春集》，"在重庆，我曾把抗战前及抗战初期的一些小诗编印过一册《小春集》，又把以后两年中写的诗编印过一集，由南方书局出版。这个选集，我和任侠（常任侠，笔者注）都认为足以证明抗战前四年新诗繁荣及其艺术成就的情况。"

这段叙述也不觉让人追忆起一段关于新诗的往事，七十年前南京的

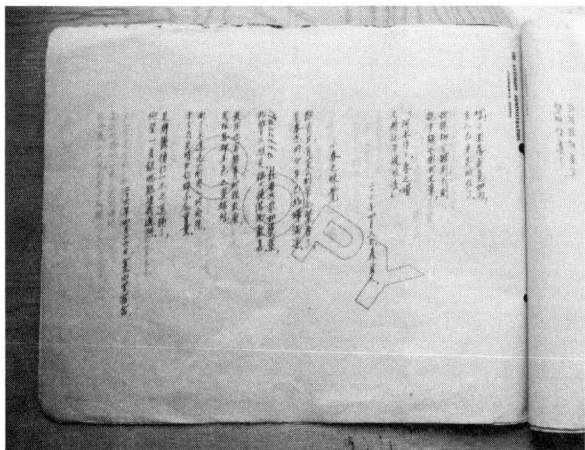

一些旧事，那是新诗的春天。20世纪三四十年代，正是新诗界一个灿烂光明的迈进时期。"除了各作品结集的出版不说外，新诗刊物之外，正如两年前的诗坛一样。如上海的《新诗》和《诗屋》，广东的《诗叶》和《诗之页》，苏州的《诗志》，北平的《小雅》，南京的《诗帆》等等，相继刊行"（摘自《战前中国新诗选》）。南京无疑是当时诗歌的中心。远的不提，旧体诗诗坛巨子如陈三立、李瑞清、王瀣、夏敬观、陈去病、吴梅、谢无量、黄侃、汪辟疆、汪东、龙榆生、胡小石等均领一时风骚，诗坛的派系纷呈，如同光体、新江西各诗派、诗界革命派（如南社）、湖湘派等各展其长。以当时中大为代表的师生间组织之诗社林立。在当时较有影响的新诗歌团体，如土星笔会，参加者有中大金大学生几十人，如孙望、

程千帆、霍焕明、绛燕（即沈祖棻）、李白凤、葛白晚、吕亮根等均是会员，曾出版《诗讯》、《中国诗艺》、《诗星火》等。

下图中的《诗帆》就是这个南京的新诗社团的同人刊物。"1934年，我和同班同学程千帆以及校外友人汪铭竹、常任侠、滕刚等组织'土星笔会'，从事新诗创作，出版了一种设计精致的小型期刊《诗帆》（摘自《诗海扬帆》）。在重刊的《中国现代新诗选·初版后记》中，孙望先生写道："我喜爱新诗。那时我还在南京，我和一些朋友有一个土星笔会的组

织。我们除发行一个定期刊物《诗帆》外，差不多每隔若干时日，便有一次集会。……五六个人聚在一室，没有形式，无拘无束的随便谈谈。清茶一杯，倒也别有风味。……其中碰面机会最多的，除屋主铭竹而外，便要轮到我和滕刚、任侠、千帆、寄梅、铁昭等几个朋友。……我们的集合场所，是四壁图书，而且琳琅满目。我们因此也给这小小的书斋起了一个别名，名之曰'土星诗屋'……"

当年的青春作赋的诗友，座中多是豪英。孙望先生（1912－1990），原名自强，后改望，字止畺，或子强，笔名鲁尔等。历任金陵大学、南京师范大学教授，去世前为江苏省作协副主席，南京师大中文系主任。著有《元次山年谱》、校辑《元次山集》、《全唐诗补逸》、论文集《蜗叟杂稿》、《韦应物诗集系年校笺》，主编《宋代文学史》、《唐代文选》。又有《全唐诗补遗沉》、《日本汉诗选评》等，主编《日本汉诗选评》。出版诗集《小春集》、《煤矿夫》。他与南京大学中文系古典文学专家程千帆先生都以古代文学方面的研究闻名，又都写得一手好诗，而孙望先生对新诗又似乎格外钟情。任侠，即常任侠，抗战期间一度为周恩来同志的秘书，出过几本诗集，印度文学专家；滕刚、铭竹等均有诗选入《战前中

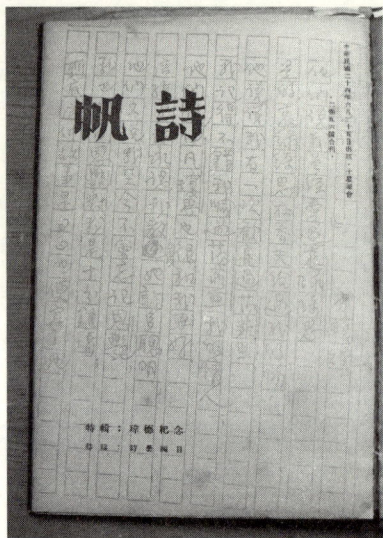

国新诗选》。

这时的他们，要么是金陵大学的学生或毕业生，要么是对新诗有兴趣的年轻人，对新诗的热爱将他们联系在一起。在孙望先生的《我的自传》中为我们描绘了这样一幅充满了书香味的回忆，美好而温情，"我们每星期六下午总在铭竹的书斋聚会。这书斋的特点是：四壁插架，尽为新诗和文艺理论书籍。举凡五四以来直到当时公私出版的单行结集、诗歌及理论杂志以至报章副刊，这已成为他的癖嗜。这个书斋取名'土星诗屋'，但我却习惯地把它称作'诗窠'。"

在诗窠里，他们所创办的《诗帆》同人刊物性质相当明显，《诗帆》内容颇为纯粹，基本上全为新诗创作与诗

歌研究文章。作者群也相对固定、团体性质鲜明。为了纪念早亡的诗友方玮德，《诗帆》出版了专号来纪念与哀悼。封面设计肃穆简洁，背景用了方玮德的手迹，目录中有多篇纪念文章，并没有什么商业气息。"《诗帆》名符其实是个同人刊物。同人中我十分欣赏铭竹和孟雄（滕刚）的作品。清新、凝练是他两人共同的特点，读两人的诗，使我总能得到一种莹净无暇的美感享受。论新诗，不管在意境上或艺术上，我看他两人的成就都已越过风靡一时的新月派而迈进了一大步。"（《战前中国新诗选》）在孙望先生的热情洋溢的评价中，我们也不难发现这种共同兴趣与欣赏趣味的惺惺相惜，以及他大胆独到的诗歌鉴赏品位。

对于新诗的热爱使他们结社、办刊，共同阅读、创作新诗，并将自己的欣赏趣味与艺术主张播种、传播开去，也促使着他们为中国新诗的自觉与阶段性的总结而不懈努力。早在创办《诗帆》的期间，他们已经相当关注中国新诗的发展状况，关注该时间段出版的新诗集以及活跃的新诗社团与新诗刊物。在《诗帆》中都有专文阐述，下图即为《诗帆》对新诗集的出版情况的列表统计。而更具代表性的成果则是在抗战中编选的《战前中国新诗选》。克服了材料获得的困难，篇幅微

薄的限制等等困难，该诗选对中国战前新诗的编选相当具有代表性。这集子里所选的诗，大体上是1937年8月13日以前为限的。之前的作品，譬如自五四运动起以至1936年之间的作品，包括胡适、郭沫若、汪静之、王独清、俞平伯、朱自清，冰心等等作家的作品，为避免与《新诗年选》及朱自清先生所编选的《新文学大系》相雷同而不选，而徐志摩、陈梦家、闻一多、冯至、沈从文等作家的新诗，已有《新月诗选》和英译本《中国现代诗选》十分精审的选录，也不再选取。"惟有几位在新月诗选后继续有不少好作品产生的作家，如卞之琳、孙毓棠、方玮德等，那是例外。"几经删汰，忍痛割爱之后，只挑选了50家，71首新诗。这71首新诗篇幅短小但精萃，其中包括现在大家耳熟能详的艾青的《大堰河——我的保姆》、卞之琳的《尺八》、戴望舒的《我的记忆》等名篇。

选集里的诗，除李金发那首《秋》是1927年的作品外，其他都是自1931至1937年抗日民族战争爆发之前大约7年间的作品。概括言之，是30年代作品。这个选集中的诗，无论在内容或风格上，当然不同于抗战期间的作品；较之解放以来的作品，差距自更显著；到今天，已隔了将近半个世界，诗意境与诗艺术日有创新与发展，当

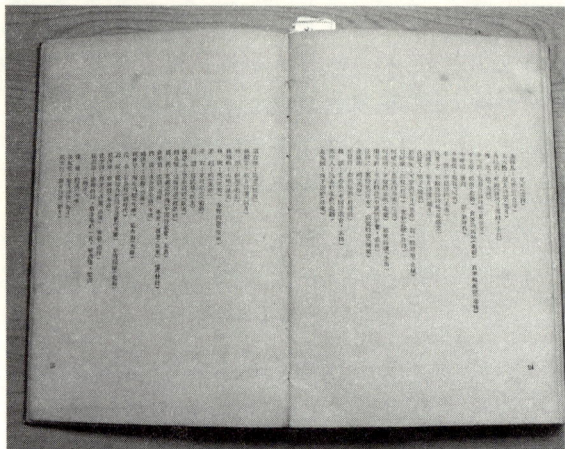

然更不可同日而语了。"然而不管怎样，它们都是特定时代的产物，都表现着一个时代的风格特征，退一步说，即使作为研究资料来看，也还会有一定的价值和意义。"

而这部新诗集的编选也因为当时的特殊情景而具有了特别的意义，"我也相信另一部分的朋友，也许正渴望着这东西的出现，正如为抗战而播迁而流浪到大后方来的人们，没有一个不渴望着亲近一下他们的故乡，他们的战前的家园，战前的田地一样。"由于抗战，资料查找更为困难，突如其来的战争打断了这个属于新诗的春天，也因此更觉得往昔所抄录的许多诗章，值得纪念，值得留恋。新诗以其特有的激烈与奔放鼓舞着在抗战中苦苦支撑的人们，如同一盏文化的明灯。

对于新诗，孙望先生是个有心人，

每次读过新诗的书志刊物，都将心爱的诗章随时抄录下来，积累成厚厚一巨册。选诗的原则，就是"从我所好"。"全出于主观，所爱者就选，不合口胃的不选，所谓'从我所好'，如此而已。"而这"从我所好"，其实也就是诗选个性与特性之所在，这种广泛积累基础之上的个人量度使编选的诗集有意义，有生气，而且具有长久的生命力和研究价值。虽说每个人一时成就有限，作品未必都可变成预言，读者各取所好，好作品也不容易变成众人尊崇的经典。但有一点可以肯定，如果愿意多负一分责任，多寄托一些理想，这样的作品与作家包括选编者方能存在，方值得存在。

从中国新诗发展的轨迹来看，从新诗诞生之日起，新诗就侧重推翻旧诗，打倒旧诗，强调其"革命"意味，因此在形式上无所谓，在内容上无所谓。新诗在革命意味下发展，便仿佛特别容易写。受词、曲及民间小调歌谣影响，用简明文字写新诗，那些"自由诗"，名副其实，相当自由。凡有勇气执笔的人几乎都可以写诗。在当时一切刊物必有诗。周作人、鲁迅、钱玄同、朱经农、李大钊、陈独秀、朱执信、任鸿隽、沈玄庐、沈尹默、傅斯年、罗家伦等，旧学兼写新诗，开风气之先。胡适第一个写新诗出新诗集，冰心的短诗，俞平伯、康白情的长诗，多被中学国文课本选录，为青年人所熟习。这些可算做是中国新诗的奠定人。

新诗的这种"自由"与"勇敢"，随之产生的问题在于作者鱼龙混杂，作品良莠不齐，在某种意义上损害了新诗的发展。而以郭沫若、朱湘、徐志摩、闻一多为代表的新诗作者，包括宗白华、梁宗岱、王独清、刘梦苇、冯至、饶孟侃、于赓虞等都为我们提供了丰富的新诗资源及大量个人风格独具的作品，为中国新诗留下了美丽的回忆与精神样板。诗的自由虽然受了限制，但中国的新诗却慢慢地有意义、有力量了。朱佩弦（自清）、闻一多、俞平伯、朱孟实、废名、林徽音、方令孺、陆志韦、冯至、陈梦家、卞之琳、何其芳、李广田、林庚、徐芳、陈世骧、孙毓棠、孙洵侯、曹葆华等，这样的名单还可以开列出一大串，几乎所有身处新文化热潮中的青年人都能感受到新诗的灼热情感与奔放精神，大量的文化名人都自觉地投入到新诗的创作与传播当中，不仅留下了大量的新诗作品，而且逐渐形成了为公众认可的审美模式。

新诗与旧诗久久纠结的问题在于"韵"有无存在价值。新诗对于词藻形式的控制与运用上有哪些新规范是新诗不断发展中所需要解决的问题。"韵"其实是"语言的精选与安排"而在新诗上这种"精选与安排"同样不可偏废。新诗"革命"意义逐渐向"建设"转变。新格式的"浅"、"显"，与旧词藻的"熟"、"滑"，阅读与创作经验的积累使人们逐渐明白新诗不容易作，更不容易作好。

新诗不易做，而新诗读者也逐渐减少。读者减少，它的发展受了影响。新诗集逐渐成为出版业方面最不受欢迎的书籍之一。凡是单行本诗集差不多全得自费出版，凡是纯粹的诗歌刊物很难支持一年以上。

从"新"着眼的新诗似乎并未发现一条崭新广阔的坦途。"说革命，革命不彻底；说建设，建设方式不妥当。"（沈从文《新诗的旧帐》）

于是再选新路，"这种工作由上海《现代》杂志上的几个作者启其端（施蛰存……），南京土星笔会几个作者随其后（常任侠，汪铭竹……）。此外北京，广州，都有这种诗人（林庚，金克木，曹葆华……）。他们的工作是捕捉眼前的都市光色与心中一刹那感觉和印象来写小诗。努力制造意境，属词比事则注重不落窠白"。正因为工作

只是掠取大千世界一小片一小点，不乏小巧玲珑的佳作。（沈从文《新诗的旧帐》）

中国的新诗发展经历了一个阴晴多变又充满生机的春天。战争惊醒了这些春天的梦幻。战乱，灾难，社会的黑暗，环境的险恶，人生的厌倦，未知的疑虑，30年代末，残酷的战争给人们带来了失望与痛苦。对生存困境的尖锐体认，传统价值的崩溃以及中国新诗的内在要求，诗人们对人生价值和生活苦难的困惑与思索更为深入。例如，在燕京大学有吴兴华等人对现代主义诗风的追寻；在沦陷区有黄雨、闻青、顾视、刘荣恩、成弦、金音、沈宝基、黄烈等人的现代主义诗歌创作；在国统区有孙望、汪铭竹、吕亮耕、吴奔星、紫曼、常任侠、徐迟等"中国诗艺社"诗人对30年代现代派的承继。但由于环境的限制，其创作也没有形成潮流。而以穆旦为代表的西南联大青年诗人群和以杭约赫为代表的上海青年诗人群由于受到前辈诗人的影响与扶持以及西方现代派的熏染，得到不断扩大和发展，而形成诗潮与流派。

从某种意义上说，新诗的命运恰如整个中国的命运，正陷入一个可悲的环境里。沈从文先生在其文《新诗的旧帐》形象地描写道：

想出路，不容易得出路，困难处在背负一个"历史"，面前是一条"事实"的河流。抛下历史注重事实"如初期的新诗"办不好，抱紧历史注重事实（如少数人写旧诗）也不成。有人想两面顾到，用历史调和事实，用去一半担负再想办法涉水过河，因此提倡"本位文化"。倘若这个人真懂得历史或文化，认清事实，叫出"本位文化"的口号，也并不十分可笑。如今"之乎者也"的新诗，近于诗的本位文化具体化，看看他们使用"之乎者也"的方法，就可知道他们并不太懂历史上这些字眼儿的轻重。新诗要出路，也许还得另外有人找更新的路，也许得回头，稍稍回头，认真从近十多年得失上作些具体分析。

作为这一发展轨迹上的历史见证与人物样本，这里不妨以孙望先生为线索，来追忆一下新诗的春天，我们也可以在文字叙述中亲历一个优秀的新诗作者和新诗的爱好者、积极传播、倡导者所经历的悠长时光与时空变迁。自从事文学创作的初期开始，他就积极参加各种文学活动，尤其是在组织诗社，展开诗评，广交诗友，切磋诗艺等方面，做了大量工作。在抗战胜利后曾一度和汪铭竹、咏泉等组织过"星火诗社"，出版过双周刊和单行刊物，在南京解放初期也曾和陈山、赵瑞蕻等组织"诗歌联谊会",并和上海诗歌联谊会合作编印过《人民诗歌》双月刊,在其夫人霍焕明的回忆文章中也补充道"孙望爱好诗歌,于是与成都的诗歌爱好者组织了一个绿洲出版社,每月组稿跑印刷所"。在金大读书时期,与程千帆等组合"春风文艺社",借报纸的篇幅编了一个周刊。以此为基地,他曾以盖郁金、河上雄为笔名,程千帆则用"左式金"作笔名。田汉先生在长沙办《开展日报》,廖沫沙任总编,邀约力扬、常任侠和孙望编《诗歌战线》周刊。长沙的诗歌空气突见活跃之后,每星期天在其住所,有时也借皇仓坪报社开诗歌座谈会。在此基础上,又成立了"中国诗艺社",出版《中国诗艺》,直到长沙大火才停刊。

在其女儿孙原靖的回忆文章《我的父亲》中提到"(在整理《孙望选集》的过程中)从日记里我了解到我记事时的父亲。他一辈子都是那样的忙碌,年轻时忙于诗歌运动,写诗歌、办诗刊。而后就是忙于教书,写教材,搞研究、应付行政事务。再后来就是看论文、写评语,开各种各样的会"。

需要指出的是,孙望先生的新诗创作,正是植根于传统文化的深厚基础之上的。在1936年大学在读期间时,他就辑录出版了《全唐诗补逸》。

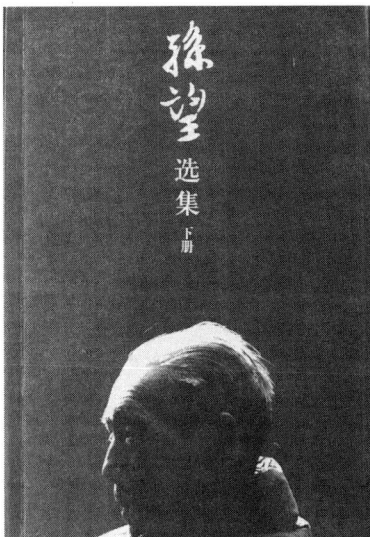

青春作赋,皓首穷经。我想在他心中对青春最美丽难舍的记忆就是这一叶小小诗帆,将《诗帆》慢慢成为中国读者最多,新诗作品最多,同时还为多数人最关心认可的新诗刊物,恐怕是这些年轻诗人们当时美丽的理想与慰藉。读者不再是少数作品的鉴赏者,新诗、好诗从海内外各处纷至沓来,刊物引起多数读者的关注,纷纷将个人对于新诗的意见写来。内容不好,大家想办法要它好,什么问题值得讨论,共邀有卓见有研究的人士共同讨论,这样刊物才会有意义,新诗才会获得长久的生命。

"……朱砂圈圈在试帖上/殷红如功名心/

一个圈，费一回沉吟／一根香烧尽了又一根／

人影在窗前疲倦／人影也在窗前衰老……"

这是孙望先生写他祖父的一首诗《感旧》，凝练传神。曾几何时，那些青春作赋的理想与梦幻一转眼成了感旧怀人的诗行，当年这些"新"的诗歌已经成为故纸半张，于是借用沈从文先生的旧题《新诗的旧帐》，来纪念那些新诗的足迹、先人的探索和那冰冷胶版纸背后的炽热的灵魂与情感。

老去的是回忆，而诗句永远年轻。

（《孙望选集》，南京师范大学出版社2003年版；《战前中国新诗选》，孙望选辑，江西人民出版社"百花洲文库"1983年版；《诗海扬帆：文学史家孙望》，南京大学出版社2002年版）

第三章 江南游踪

南石皮记：天堂不远，也许只隔一种文化理念

苏州火车站，像所有中型城市的车站一样，拥挤而现代。迟疑地从中走出来，四处张望，这里就是我们这次"天堂"之旅的起点吗？这座城市蕴涵着什么样的秘密，被人们称为人间的"天堂"呢？

一个陌生观光客的眼睛似乎特别敏锐，心思似乎特别细密，准备随时接受所有扑面而来的信息，敏锐地感知每一个小小的细节。行驶在苏州的街道上，我们开始逐渐感受"天堂"的气象，这座已有2500多年历史的"白发苏州"，显得精致而整洁。苏州的旧城区得到了基本完整的保护，并未出现过于突兀的高楼，河道贯穿着这座干净而古朴的城市。街道并不宽，绿化得很好，时值阳春三月，花木葱茏，绿意逼人。更为难得的是，城市的很多细节充满了智慧，仿古样式的公交车站站台与路边精致的路灯风格统一，道路两旁的建筑粉墙黛瓦，保持

着传统样式，与其他城市对于传统建筑的随意拆除，显得与众不同，似乎并未受到城市化进程的脚步打扰，依旧是躺在历史臂弯中安然睡去的美人，稍打了个盹儿，就已经是21世纪了。我们的眼睛贪婪地刻录着这些幸存的历史印记，也许"天堂"就是这样一种来自历史深处的记忆吧。

在这座被人们认为"与天堂最为相似"的城市里，我们处处能感受到一种智慧的力量。工业园区的高耸挺拔与旧城区的安静宁谧相安无事，现代生活的快捷便利与普通生活中的古典情怀两两相依。苏州人对于生活细节的重视与智慧的应用，在我们所要专门拜访的"南石皮记"中得到了淋漓尽致的展现。

"南石皮记"是一座处于生活状态中的"园林"，这座园林不再是历史遗产，文化标本，而是家居生活中不可或

缺的部分，是他们待客、散步、喂鱼、养花的场所。它不像"拙政园"庄重地供人瞻仰，而是真切的生活与活生生的智慧。它甚至没有被命名为"园"，按照主人的意思，只是他们对于岁月的小小札记而已。因位于"南石皮巷"而得名的这座庭院，说来也有些故事，几位相得的朋友比邻而居，打掉隔墙，业主之一的苏州画家叶放承担起庭院的设计、建造之任，费时两年，在这近500平方米的庭园中打造了一个"天堂之梦"，而这个"天堂"又并非梦境，是切实可感的真实生活。

凿池引水，筑亭植花，叠山造景，寻访山林泉石，在现代商品房的有限空间中，构造出完全"中国味道"的庭院深深，造园人可谓匠心独运。水榭、半亭、假山、石室、半栏桥、荷花池、美人靠、活水源等各种古典园林建筑的元素被娴熟地应用。同时，也应用了许多新鲜的元素，更适合现代人的审美观，同时也符合生活的便利。屋檐上雨棚的玻璃材质，着眼于夜晚的庭院灯光设计，钢筋水泥的牢固性与各种石材复合使用，使得整个园林统一于"生活"的主题之中。

"生活"，是苏州人叶放反复强调的主题。"园林"并非仅限于"文化遗产"的意义之内，自诞生之日起，就是用来"住"的，尤其是体现文人趣味的私家园林，是他们朝夕生活居住和从事著述、艺术创作、聚会交往等的地方。他们的生活与园林相互渗透、相互结合。杜丽娘在"似这般姹紫嫣红"的庭院中生生死死"由人恋"；《红楼梦》中的姐姐妹妹们在大观园中游览饮宴、结社赋诗、玩花赏月、品茗参禅、作画弈棋等或许可以这样理解，园林是一种生活状态，一种生活背景，更是一种生活理想。"南石皮记"所做的努力正是在于重温了这个历史深处的旧梦吧。

叶放是个相当健谈的人，对于这个精心设计的作品更是有很多话说，经他讲解之后，每个细节凝聚的智慧

更为耐人寻味。文字的元素在"南石皮记"的设计中,相当出彩。玻璃雨棚上,使用了书法元素作为装饰,分别是王羲之的《兰亭集序》,怀素的《自叙贴》,杨凝式的《神仙起居法》,刚好是"儒"、"道"、"释"三家思想的集成。水榭舞台上的回文诗、石桥地面的玻璃引导带,铜制鸟笼上的"四书五经",这些文字元素的巧妙运用,彰显了南石皮记的"风雅"之气,更令人难忘的是嵌在水泥墙壁上的铜制文字,在细微处更见设计者的匠心独运。这是一种创造,同时也是一种追忆。叶放的祖辈建造"毕园",他的童年生活也恰恰是庭园生活,虽然之后"毕园"的亭台与楼阁湮灭了,但那些雪月风花的记忆仍幸存着,仍留下了庭园生活的典雅恬淡。仿佛"毕园"再现,"我又回到那里静观、随想,怀故与归梦陪伴我成长,历难后的修境味道更觉刻骨铭心",叶放不觉感慨。

苏州人无疑是幸福的,"园林"是他们生活的一部分,很多工作单位至今仍坐落在园林之中,而"拙政园"、"狮子林"等古典园林对于办了年票的苏州人一年可以开放300次,"象外之象、景外之景"追求诗情画意的园林意境在苏州人的生活中也有所体现,一粥一饭,一杯茶,一种时令的菜蔬,无不精致可人,追求点"意味"。也许可以从中理解,苏州的现代私家园林为什么那么多的原因。"南石皮记",对于叶放个人来说,凝聚他的生命体验与智慧,对于五位业主来说,无疑是一种悠闲的生活场景与状态,而对于我们的历史与文化而言,似乎具有特别的文化意义。

如果说作为世界文化遗产的苏州古典庭园,是世界庭园的精品,那么"人文手法"便是创造精品的艺术手段。"天工文心"借近山远山之景色,借自然的声色影气,而匾额楹联则是诗人的智慧,用诗文、词赋来点"自然"之题,自景生境,如味韵品道,引人入胜。造园讲究主次开合,平远、深远、高远和前景、中景、后景，中国人的透视观在此传递，四方古今、岁月轮回、时空转换和玄黄寒暑，与人间的悲欢离合相对应。中国人的宇宙观由此承载，粉墙作纸，以日月为笔，轩窗生画框，尺幅无心，旱舫卧行万里波等，均以人文为观照。建楼筑阁，叠山理水，莳花艺术也被赋予了人的性情、格调、气质、品德，并以中国人的哲学、宗教、文学、艺术、工艺等文化因素来构成。

从某种意义上看，园林，其实正体现了我国古人对于"人与自然"的关系的体认，它不像钢筋混凝土那样无情地吞噬自然，而是将"自然"引入人的日常生活中来，亲近自然、善待自然。也不像公寓商品房那样千篇一律，枯燥乏味，而是将"性情"融入造园的艺术当中，"三匠七主"，移情寄

兴，相当重视个人的生活体验与个性化需求，人与自然的隔膜之感，在园林中得到了相当完美的交融。从这个意义上讲，园林是一种生存状态，而并非一种抽象化的文化符号，拙政园美则美矣，但所展现的并不是真实的生活状态，而层累与积淀在苏州人乃至中国民族当中的那种文化理念，即人与自然的那种和谐关系，才是最值得珍视的东西。

如今，园中栽有松树、柏树、枫树、天竺，一根藤蔓会长满整个夏天。四季里，各种花次第开放，先是腊梅、迎春，之后有桃花、紫藤、金银花，八月间荷花开得最好，十月是桂花和石榴的天下。"南石皮记"业主之一台湾商人萧鹏说："江南飘雨时，站在假山旁听雨，很过瘾。""池里的乌龟游得慢，看到食物要去吃时，别的大鱼从它身上跳过去就抢走。乌龟真的可怜，吃不到什么东西。夏天它们爬到石头上晒太阳，现在天冷不知躲到哪里去了。"说到这里，不无怜爱之情。庭院与池塘无疑也是叶放的女儿玩耍的天堂，池塘中美丽的锦鲤是她的好朋友，天天彼此交换着故事与心得。

树间的鸟笼，不上锁，却有食，鸟儿可以自由来去，不养鸟却有鸟可赏。清晨鸟儿来吃食，并不怕人，唧唧喳喳答谢着好客的主人。叶放颇引为自豪的一件事是，这个庭院教会了女儿什么是"疑是地上霜"，现代那些高层住宅中的人们恐怕很难感受到"月印苍苔冷"的诗意了。

当然，高朋满座，众贤齐集时，这里又成为"雅集"的不二之选，有时是古琴，有时是评弹，有时是昆曲。水榭舞台上正演着"游园"、"惊梦"，婉转的唱腔"拂波而至"，琴箫悠扬，一切似真似幻。而三五好友小聚，花间对酌，弹琴对弈，品茗闲谈，也可抵半年尘梦了。

这并非一场刻意策划的"秀"。

而是一种真实的生活状态，也是被我们遗失在历史深处的一种记忆。

叶放终于得以圆梦，将纸上的庭园移植入他的生活当中，他在《我·庭园·我》一文中这样写道："营造一个地上的园子，/从天上望去，就像人在大地却爱在天空思想。/没有翅膀，也会飞翔。"

这个曾涵盖他整个童年生活"食卧游玩，学书识理"的旧梦又回来了，不过是以一种现代的方式，而关于"人与自然"的和谐关系的思考更值得人们审视，这远远超过了筑园叠山本身的意义。这里，我们也要指出，"南石皮记"仍是一件尚在修改的作品，也存在着这样那样的技术问题，我们离开时，正有工人陆续进场准备修葺假山，重铺荷池。这座"青春版"的庭园也在不断地生长、变化，造园、养园是一个过程，一种原生态。

地有尽境无穷，有限中见无限。正如"南石皮记"中那幅没有下联的"烟锁池塘柳"，正期待着人们的思索与关注，也等待着各种可能的答案。而其中所含的"金木水火土"这些中国元素又是那么耐人寻味啊。

出正门，"南石皮记"高大的粉墙外，就是一条车马喧嚷的路，这里离著名的"网师园"不过一分钟的路程。

也许古典距离现代只是一步之遥，天堂距离人间，也不过只隔了一种文化理念罢了。

曲园寻春意

小小的曲园，在苏州的地图中只是小得不能再小的一点，而在苏州的文化地图上却是浓墨重彩的一笔。可惜世人游惯拙政园，几乎无人识得曲园意了。

"小小园林亦自佳，盆池拳石手安排。春风不晓东君去，依旧年年到达斋。"这是晚清朴学大师俞樾先生临终"留别诗"中的一首《别曲园》。曲园，在苏州城内马医科巷43号，始建于清代同治十三年（1874），由园主俞樾先生亲自参与设计，至次年春建成。俞氏祖居浙江德清，时太平军进军浙江，为避战乱，俞樾先生全家移居苏州，潜心学术，购得苏州城内马医科故大学士潘世恩故宅西废池，构筑曲园。全园占地大约五亩，构筑乐知堂（取乐天知命之意）、春在堂、小竹里馆、艮宦、达斋及内眷堂等三十余楹，作为起居、著述之处，并在庭院中栽植方竹、金桂、玉兰（取金玉满堂之意）等花木，憩读皆宜。因经俞樾本人设计，简朴素雅，不事雕琢，窗明几净，颇有文人意境，俞樾先生有《曲园记》记之。原有隙地如曲尺，成"L"形，与篆文"曲"字相似，并取《老子》"曲则全"句，取名曲园。园内取"曲水流觞"意，凿池叠石，植柳栽花，构亭筑轩；筑曲池，曲水亭，回峰阁。全园布局幽雅、清新悦目，有"前园杨柳后园竹，两处轩窗一样凉"之美。

园主俞樾先生，字荫甫（1821—1906），浙江德清人，道光三十年庚戌科进士，翰林院庶吉士。平生勤奋治学，著述极丰，有《春在堂全书》达500余卷，有《群经平议》、《诸子平议》、《古书疑义举例》等，对先秦经学和诸子百家学说，有深入的研究，成为一代宗师，也使苏州在清代晚期，一度成为颇具影响的经学中心之一，名播

海外。并先后主讲苏州紫阳书院，杭州诂经精舍，德清清溪书院、菱湖龙湖书院，上海求知书院等，海内外学者负笈而来，接踵而至，号称"门秀三千"。章太炎、吴昌硕等均出自他的门下。他和李鸿章为同科举人，又都出自曾国藩门下，而两人经历迥异，故有"李少荃拼命作官，俞荫甫拼命著书"之说。

一进门，就看到大门内悬挂的"探花及第"的匾额。说起这"探花"来，倒有些故事。在俞氏的原籍德清县两百年间曾出过状元和榜眼，独缺探花，俞樾先生的孙儿俞陛云先生为原籍补齐了三鼎甲，意义确是重大，曲园老人曾作诗记之"状元榜眼吾乡有，二百余年一探花"。俞陛云先生是戊戌科（1898）殿试第三名探花及第，受职编修。1902年钦命任四川副主考，点中的14名举人中次年有10人考取了进士，其衡文准确，慧眼识英，一时传为佳话。1912年任浙江省图书馆

馆长，1914年修清史，移居北京。这个"探花"之称还确实曾帮助过俞陛云先生维持生计。1937年日军侵华后，北京沦陷，物价飞涨，俞陛云先生不与日伪合作，以卖字接济家用。他是进士出身又是探花及第，为世人所重，登门求字的人络绎不绝，而加盖"戊戌探花"的印章后，价值也可提高很多。

进得门来，古朴的石库门上，有俞樾亲笔隶书"曲园"两字。庭院内栽植翠竹，乌瓦粉墙，倍显洁净。迎面是"春在堂"，为当年曲园老人以文会友和讲学之处，面阔三间，上悬曾国藩亲笔题写的"春在堂"三字。追渊溯源，俞

樾当年进京会试，复试于保和殿，考卷中有"澹烟疏雨落花天"诗题，他依题作诗，以"花落春仍在"为首句，用意积极，深得主考曾国藩赏识，擢为第一，后又亲题匾额，志以留念。俞樾也将平生著书结集为《春在堂全书》，以念不忘。

小竹里馆，为当年俞樾先生、俞陛云先生读书处，向阳三楹，因前庭当年遍植彭玉麟所赠之方竹，因而定名。俞陛云先生的诗集也以少时读书处"小竹里馆"得名《小竹里馆吟草》，该诗集名由曲园老人题写，并在题语中勉励孙儿读古人诗"宜求其意义，勿猎其浮词"。俞陛云先生一直没有整理付印，1930年在儿子俞平伯先生的敦请下才整理刻印出来，在书前题云："后之览者，谓孤秀之嗣音耶？抑腐儒之余唾也？流传磨灭悉任之耳。"叹息之情似犹在耳。

曲园虽小，却多佳处，玲珑又多韵致。春在堂屏门后为认春轩，当年三面敞开，面对花园，于此眺望全园曲水叠峰，别有情趣。取白香山诗意"认得春风先到处，西园南面水东头"为名，小小园中，凭此识取春消息。园中有一小池，曰"曲池"，中有一小舟名之曰"小浮梅"。舟很小仅容二人促膝而坐。夏日，俞樾先生和夫人有时坐其中，促膝闲谈，多是夫人问，俞樾先

苏州博物馆

生答,后编成一卷,名《小浮梅》,行文浅易,话题颇有情趣。

曲园是百年来德清俞氏族家族悲欢聚散中若隐若现的背景,在这座小小的曲园里,德清俞氏家族文脉不断,星辉交错。春在堂前,俞樾先生闭门著书,500卷《春在堂全书》,声名远播海外;小竹里馆中,戊戌探花俞陛云先生拥灯夜诵,浅说诗境;"培植阶前玉,重探天上花",曲园老人寄语重孙俞平伯先生再题新鼎甲。在这里,承载了俞氏家族的多少悲欢,俞樾老人在这里魂归净土,仍不忘叮咛后人,以德传家,爱惜文脉,"儿孙倘念先人泽,莫乱书城旧部居";俞陛云先生在此降生、读书直至探花及第、北上仕游,并在曲园中与夫人彭氏"樱桃同采树头鲜",情深意切;俞平伯先生在曾祖曲园老人的盼望中降生,亲自指导,"口占文字课重孙"。在这座小小寻常院落中,自在花开花落,却总让人不由得涌起几分文化幽情,也许它的不寻常就在于,在"家"的含义背后,有"文化"的底蕴,有"历史"的时代印记,人的文化个性、家族群体、时代文化,在这里都留下了痕迹。"云烟过眼总无痕,爪印居然处处存",当年俞樾先生自撰的寿联"三多以外有三多,多德多才多觉悟;四美之先标四美,美名美寿美儿孙"对其俞氏一脉文化世家的描述何其传神。于今读来,真如一场繁华的文化梦境。

如今曲园已经整修,对外开放,现在门票不过一元五角,然而游人寥寥,只不过我们一行三人。倒是园中另辟的茶社有些人在品茗聊天,来此处喝茶可免去入门的票资,确实为一清雅品茗之处。时正榴花似火,更显得一园寂寂。向来读书声已不可闻,一室春气又往何处寻?我们来此园中,不为游玩,倒有几分追缅之情,仰慕之思。

俞樾老人在《春在堂记事》中说:"神山乍到,风引仍回,洵符花落之谶矣,然穷愁著书,已逾百卷。倘有一字流传,或亦可言春在乎?"文字似春花之美态芳妍,然而更多几分金石之流布广远,士的精髓,文化的血脉,承接续留正是仰仗这一派春意盎然。

春在堂前我在,至今仍能感受得到一种脉脉的春意自亘古文字的来处而来,原来春天并不曾远去,春在堂前,她一直都在。

千年科举说贡院

贡院作为中国科举制度的物质留存,已经悠悠阅尽了1300多年的时光。作为中国封建社会最重要、影响最为深远的人才选拔制度与考试制度,科举渊源于汉朝,创始于隋朝,确立于唐朝,完备于宋朝,兴盛于明、清两朝,废除于清朝末年,历经隋、唐、宋、元、明、清。根据史书记载,从隋朝大业元年(605)的进士科算起到光绪三十一年(1905)正式废除,整整绵延存在了1300周年。

相较于之前的依照血缘世袭的选士制度,依靠各级地方推荐人才察举制,由中央选派特定官员按出身、品德等考核民间人才的九品中正制,血缘、门第、举荐等都缺乏客观的评选准则。魏晋南北朝时期著名诗人左思就曾经针对"上品无寒门、下品无世族"的现象发出这样的喟叹,以"郁郁涧底松,离离山上苗"为喻,抒发"英俊沉下僚"怀才不遇的愤懑之情。

科举制度的产生与发展是历史的必然和一大进步,它所一直坚持的是"自由报名、公开考试、平等竞争、择优取仕"的原则,它对我国古代社会的选官制度,特别是对汉代的察举和征辟制、魏晋南北朝的九品中正制,是一个直接有力的否定和替代,使平民百姓通过科举的阶梯而入仕以登上历史的政治舞台,提供了一个公平竞争的平台、机会和条件。因此说,科举制度是中国历史上,也是当时世界历史上最具开创性和平等性的官吏人才选拔制度。在世界范围内也影响深远,最

初东亚日本、韩国、越南均效法中国举行科举,越南科举的废除还要在中国之后。16至17世纪,欧洲传教士在他们的游记中把科举取士制度介绍到欧洲。18世纪时启蒙运动中,不少英、法思想家都推崇中国这种公平和公正的制度。英国在19世纪中期开始建立的公务员录用方法,规定政府文官

通过定期的公开考试招取,渐渐形成后来为欧美各国仿效的文官制度。英国文官制所取的考试原则与方式与中国科举十分相似,很大程度上吸纳了科举的优点。西方现代的文官选拔制度、我国现代的教育制度和干部选拔制度都是中国科举制度的继承和发展。因此,孙中山先生曾充分肯定中国的科举制度"是世界各国中所用以拔取真才之最古最好的制度"(《五权宪法》)。西方人将中国的科举制度称之为"中国第五大发明"(《五权宪法》)。直至今天,现在的考试制度在一定程度上仍然受到科举制度的影

响,例如高考的分省录取等。

在漫长的1300年的科举考试中,曾产生出700多名状元、近11万名进士、数百万名举人。它对于祖国的统一、社会的稳定、各民族的团结和融合,对于中华文明的传播和建设,特别是对儒家文化和古代教育的促进和发展都曾产生过巨大作用。科举对于知识的普及和民间的读书风气,也起了积极的推动作用。"耕读传家"、"十里之乡,不废诵读之声"成为文化的种子与理想。以明清两朝为例,以秀才计,中国的读书人口大都不下五十万人;若把童生算在内则以百万计。当中除少数人能在仕途上更进一步外,多数人都成为在各地乡绅或基层知识分子,这样对知识的普及与传承起了一定的积极作用。当然,科举考试也存在着不少弊端。尤其自明代以后科举考试以"八股取士",逐步成为僵化模式,特别是到晚清时成为严重束缚知识分子的枷锁。戊戌变法之后,"废除科举,兴办学堂,"已成为历史的必然。1905年清政府颁布了停止科举的上谕。

贡院,作为科举的规定考试场所,见惯了"儒林"的风风雨雨,目睹着一幕幕耐人寻味的悲喜剧。贡院也称为"贡士院",是科举考试的专用考场。科举制度产生之初,并没有专用考场,

省试一般在吏部南院举行。唐玄宗开元二十四年(736),科举转由礼部掌管,开始建立贡院,规制较为简单。宋哲宗以后,礼部、各州皆建贡院。元代试院内已分设"席房"。明代贡院形制已经规范化、制度化。清代沿用不变,府州县设试舍,京师及各省城则设贡院。贡院四周内外两层围墙顶端布满带刺的荆棘,故贡院亦称"棘闱"。贡院严整划一,壁垒森严,面积广大,如现在仍保留部分号舍位于南京的"江南贡院",当时能容纳两万多名考生同时参加科举考试。

按照明清时比较固定的科举模式,正式由国家举行的科考,也就是在贡院举行的考试,分为三级:乡试、会试和殿试,其他考试由当地的学官命题、当地选拔。具体的科举考试流程请参见下图。乡试是正式科考的第一关。按规定每三年一科。清朝时是在子、卯、午、酉年举行,遇上皇帝喜庆亦会下诏加开,称为"恩科"。乡试在八月举行,也被称为"秋闱"。在京城及各省省城的贡院内举行,监生、贡生可以离开本籍,到京师赴考。考官是由翰林及进士出身的官员临时担任,因此各省都设有当地的贡院。不过安徽省例外,与江苏共用设在南京的"江南贡院",又因为安徽、江苏两省文风盛、赋税多、人口比例等原因,成为

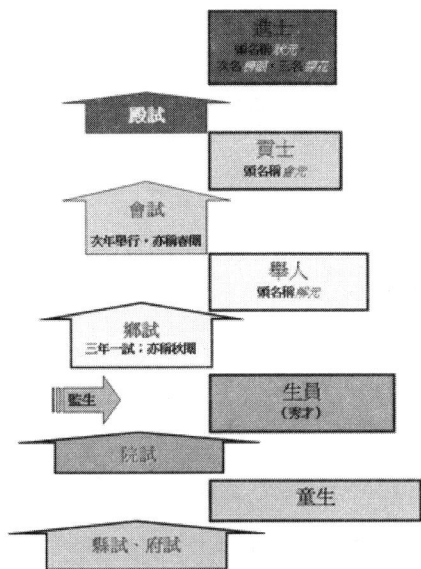

录取名额相对较多的地区。每次各省乡试取录的名额不一,按各地文风、人口而定。清朝时,以直隶、江浙取录最多,贵州最少。

乡试每次连考三场,每场三天。开考前,每名考生获分配贡院内的一间独立考屋,称为"号舍"。开考时,考生提着考篮进入贡院,篮内放各种用品,经检查后对号入座。然后贡院大门关上,三天考期完结前不得离开,吃、喝、睡都得在号舍内。

乡试发的称为"乙榜",又称"桂榜"。考中的称为"举人",头名举人称"解元"。中了举人便具备了做官的资格,通过乡试的举人,可于次年三月参加在京师的会试和殿试。会试由礼部在贡院举行,亦称"春闱",同样是连考三场,每场三天,由翰林或内阁大学士主考。会试发的榜称为"杏榜",取中者称为"贡士",贡士头名被称为"会元"。得到贡士资格者可以参加同年四月的殿试。殿试只考一题,考的是对策,为期一天,录取名单称为"甲榜",又称"金榜";分为三甲:一甲只有三人,第一名状元、第二名榜眼、第三名探花。殿试由皇帝主持和出题,亦由皇帝钦定前十名的次序。

如何避免为了考场作弊,可谓是贡院考场需要解决的大问题。最常见的作弊有三种,一是贿买(即贿赂主考官以获取好成绩)、二是夹带考试经文(带书或抄录于随身物品中)入内作弊、三是请人代考。为了有效地防止作弊,各个朝代都进行了不断地探索。唐代的科举考试已设有兵卫,以阻止夹带作弊。武则天时代曾设立糊名的办法,遮掩考生的名字以减少批卷者认出撰卷人的机会,这种做法在宋代以后成为定例。唐代同时又发明了誊录的方式,由专人抄录考生的试卷并以抄本送往评级。这样批卷者连想辨认字迹也不能够了。宋朝起,考试在规定必须贡院内进行,贡院内建号舍,考生之间以墙壁隔开。考生不可以喧哗、离场,以防止传卷或交谈。但是夹带经文这种作弊方法始终是屡禁不止，层出不穷。常见的方法有将经文藏在衣服鞋袜里，或索性密写在衣物、身体上。其他各式随身物品，包括文具、食品、蜡烛等等都曾被用作夹带。明清的科举保安十分严格，要求达到"片纸只字皆不得带入试场"的程度。除了在进场前由兵卫仔细搜查外，乾隆时更曾下诏详细限定考生带入场各式物品的规格。例如：砚台、木炭、糕点的大小厚度；水壶、烛台的用料；以至毛笔、篮子的款式都有明确的限制。此外对检举夹带者有赏，被发现者除了取消资格外，更要带枷示众。

然而，考生仍可与考官约定，以特定的句子或字词来作暗号，即所谓"买通关节"。为了减少这种可能，加强对考官的监督，自宋太宗起订立了"锁院"的制度。每次考试的考官方面，考官俱为临时委派，并由多人担任，分正副多人，以便互相监察。当考官接到任命后，便要同日进入贡院，在考试结束发榜前不得离开，不得与外界往来，称为"锁院"；亦不得接见宾客。如果考官要从外地到境监考，在进入本省境后亦不得接见客人。贿买如果被揭发，行贿受贿者都可能被处死；而同场的考官也可能被牵连受罚。考生到达贡院后，要对号入座，同考官一样不得离场。试卷要糊名、誊录，并且由多人阅卷。而殿试则于宫内举行，由皇

帝亲自主持及定出名次。清代著名的科举舞弊案更是大开杀戒，贡院之内血雨腥风，中国科举史上最大的科场舞弊案是清顺治十四年发生的"丁酉案"，顺天、江南、河南、山东、山西五闱弊案，最后以江南闱十六房主考全部斩立决，数百名举人在满兵夹带下重考，之后数十人被判死或贬徙尚阳堡宁古塔为结果。但即使如此，科场舞弊始终未曾彻底有效地受到打击。

下面，我们着重介绍设在北京的顺天贡院与南京的江南贡院，也是当时规模最大的考场，被称为"北闱"与"南闱"。顺天贡院为清代会试和顺天府乡试的试场。图为顺天贡院的模型。大门正中有贡院匾，内建仪门、龙门，再进为明远楼，专供巡察人员眺望之用。后为至公堂，至公堂东西两侧为外帘，供管理人员居住。至公堂后为内帘，供考官居住。每排号房用《千字文》千字序编列。每排为一字号，上百间为一列，号房共九千余间。巷口有栅栏门，巷尾有厕所。考生入号后，即将栅栏门关闭上锁，等交卷时方可离开。始建于明永乐十三年，由于当时正在修建紫禁城和北京的城墙，财力物力不足，所以贡院只是用简单的木板、苇席等物搭建，都是低矮的"号舍"考棚，共约九千多间。考生就是在既矮又窄的小木板房里，点烧蜡烛，搜肠刮肚，苦思冥想，作八股文章。又因每人一盆火，以供取暖，所以贡院里处处是着火的隐患。尽管在通道上设置有很多救火用的大水缸，但贡院里着火的事件屡屡发生，多次烧死烧伤考生，烧毁考卷。最严重的一次是明英宗天顺七年的一次"春闱"失火，因考生都是被锁在考棚内考试，结果烧死一百多举人。后都埋葬在朝阳门外，人们称"天下英才冢"。直到万历年间，由大学生张居正提议，贡院才改成以砖瓦结构为主修筑的房间。明永乐十三年，贡院进行了改造，变成了砖木结构。这么一来，就比原先安全多了。改建后的贡院坐北朝南，四周建有高大的围墙。贡院大门叫"龙门"，取的是鲤鱼跳龙门之意。主要建筑有五魁祠、明远楼、至公堂、聚奎阁。贡院号舍有九千多间，号舍是考生日间考试，夜间住宿之所。每人居一间，高六尺，宽三尺，深四尺。号舍的四角还建有瞭望楼，监视考生不得随意交谈和离开号舍。民国初年，科举制度废除之后，贡院建筑被另作他用。现如今，古考场的踪迹已荡然无存了。

江南贡院，位于南京城的东南隅，是整个夫子庙建筑群的一部分，它东接桃叶渡，南抵秦淮河，西邻状元境，北对建康路，古来就被称为"风水宝地"。始建于南宋孝宗乾道四年

(1168),当时叫做建康贡院,是县府学考试场所。占地规模不大,应考人数也不多。明太祖定都南京后,乡试、会试集中在南京进行,明成祖永乐十九年(1421),国都北迁以后,南京仍为陪都,而江南又是人文荟萃之地,考试仍按期举行。明代中叶和清代,贡院均有扩建。至清光绪年间,江南贡院已形成一座拥有考试号舍二万零六百四十四间,另有主考、监临、监试、巡察以及同考、提调执事等官员的官房千余间,再加上膳食、仓库、杂役、禁卫等用房,更有水池、花园、桥梁、通道、岗楼的用地,规模之大,占地之广,除北京外,为全国各省乡试考场之冠。

现仍保存完好的"明远楼"就是江南贡院的中心。每临考试之期,执事官员驻此发号施令,并负责警戒。明代的明远楼为三层,四面皆有窗户,居高临下,昼夜值班瞭望。另外,贡院围墙四隅也各筑一座两重檐的砖木结构建筑——瞭望楼,与明远楼遥相呼应。贡院四周高墙环绕,隔断了外部的喧嚣嘈杂之声。

清代江苏、安徽两省合称江南省,江南贡院便是苏皖学子进行乡试的场所,江南乡试多于秋季举行,所以又叫"秋闱"。每闱三场,每场三昼夜。考试期间炊煮茶饭完全由考生自理。号舍外墙高8尺(2.66米),号舍高6尺

（2米），宽3尺（1米），深4尺（1.3米）。每一字号长的有号舍百余间，短的有号舍五六十间，皆南向排列。号舍之间留一条宽约4尺（1.3米）的狭窄小巷，仅容两人擦肩而过。巷口门头大书某字号，备置号灯和水缸。举子按号入座，每一号舍之间砖墙相隔。号舍无门，考生对号入座后，自备油布作门帘以遮风挡雨。号舍内墙离地一二尺（半米左右）之间，砌有上下两道砖槽，上置木板，板可抽动。白天，下层木板当座位，上层木板可作几案写作；夜晚，抽出上板与下板相拼接，便成了一张简易的床榻，供考生蜷曲而眠。号舍一律南向成排，一个字号长的近百间，短的也有五六十间。对于大多数考生而言，可能终身徘徊于权力殿堂之外，皓首穷年，蹉跎一世，决非什么愉快的经历。但也有富家子弟，自知功力不济，难以问津，索性玩个痛快；更有利用圣谕"凡举子赴京应试，沿途关卡免验放行"的机会，贩运大批货物，偷漏关税，寻花问柳游乐一番之后又带货而归。所以，南京每到大比之年，市面热闹非常，贡院周围和夫子庙一带摊贩鳞次栉比，行人熙熙攘攘，犹如过年般

的热闹。

1903年江南贡院举行了最后一场乡试。随着西学东渐和新式学堂的兴起，清朝光绪三十一年（1905），不得不废除自隋唐以来延续千余年的科举制度，江南贡院从此闲置不用。民国七年（1918），江苏省省长齐耀琳、安徽省省长韩国钧经过协商，决定拆除贡院辟为市场，仅留明远楼、衡鉴堂及号舍若干间。江南贡院就此寿终正寝，成为夫子庙的闹市区。1927年3月24日，国民革命军占领南京后，明远楼成为"南京市总工会"的成立地。民国年间，江南贡院是南京市政府和首都建设委员会所在地。

现在，贡院原建筑仅存一座"明远楼"。近年来，政府拨款在楼后仿建一小型"贡院"，供游人参观了解。由"龙门"向前，直通明远楼，此楼为明朝永乐年间初建，清朝道光年间重建。三

重檐的正方形砖木结构建筑，共有三层，底层四壁为砖砌，辟有四个拱门；上面两层均为木结构，四面皆窗，登临四顾，贡院情形尽收眼底。它是江南贡院的中心部分，也是最高的建筑物。楼内有清代著名文人李渔所题楹联一副："矩令若霜严，看多士俯伏徘徊，群嚣尽息；襟期同月朗，喜此地江山人物，一览无余。"在明远楼的东西两面，便是鳞次栉比的考生号舍。号舍用梁朝文人周兴嗣奉敕编纂的《千字文》编号，但其中"天、地、玄、黄"及孟轲的"轲"字不用，数目字易于混淆的不用，"荒""、吊"等不吉利的字也不用。

过了明远楼，有一木牌坊，其后便为"至公堂"，这是监临（监考官）等官员聚会办公的场所。堂中央高悬清康熙皇帝御书"旁求俊乂"匾额，堂内两楹为明代名士杨士奇的题联："号列东西，两道文光齐射斗；帘分内外，一

毫关节不通风"。"至公堂"的后一进为戒慎堂，担任监考等的外帘官到此止步。出了外帘门，过了飞虹桥，穿过花圃，便至"衡鉴堂"，这是内帘官（即主考官与同考官）评阅试卷并确定名次的地方。内外帘官之间以飞虹桥相隔，不得跨越雷池一步。

今天的江南贡院历史陈列馆设在江南贡院原址上，在明远楼内外东西两侧，陈列着明清及民国时期的碑刻22通，计有明碑6通，清碑15通，民国碑1通，现已被列为江苏省文物保护单位。其中，一块御碑上刻着康熙南巡时写下的《为考试敕》："人才当义取，王道岂分更。放利来多怨，徇私有恶声。文宗濂洛理，士仰楷模情。若问生前事，尚怜死后名。"外墙嵌《金陵贡院遗迹碑》，记述了贡院的兴衰历史，碑文最后叹道："今则数百年文战之场，一已尽归商战，君子与此，可以观世变矣！"

这些碑刻为研究江南贡院的历史沿革和中国科举制度史提供了宝贵的实物资料。

严格说来，中国的科举制度应分为文举和武举（文科和武科）制度。武举是专门选拔武官而设置的科目。武举制度是唐武则天长

安二年（702）始置，清光绪二十七年（1901）废除，历时1200年。其考试程序与文举基本一样，只是内容与时间的不同。不过无论从录取人数与影响来看，在贡院举行的文举考试要重要得多了。由明代开始，科举的考试内容陷入僵化，变成只要求考生能造出合乎形式的文章，反而不重考生的实际学识。大部分读书人为应科考，思想渐被狭隘的四书五经、迂腐的八股文所束缚；无论是眼界、创造能力、独立思考都被大大限制。大部分人以通过科考为读书唯一目的，读书变成只为做官，光宗耀祖。所以出现了吴敬梓笔下《儒林外史》中形形色色的科场百态。到清朝末年，实行了千余年的科举制度的弊端也越来越显露，清末道光以后，科举考试明显衰败，晚清戊戌（1898）变法后，废科举兴办新式学堂已成为历史发展的必然。清朝廷迫于大势所趋，于光绪三十一年（1905）正式宣告延续了一千三百年的科举制度结束。贡院也因而成为了纪念与凭吊中国科举制度的"活化石"与物质遗存。

（这篇文字是应《中国文化报》"风雅中国"版约写的关于江南贡院的文字，其中多处涉及坐落南京的贡院。可惜原来保留的近万间考棚都已陆续拆除，现在仅存"下江考棚"等地名了。）

审美典范之忧：周庄

对于一些期待与想象，身临其境是一件很残酷的事情。比如周庄。

我们认识一座城市，感受一种氛围，往往是通过别人的文字、感受与讲述开始。旅行的第一步由虚构开始，由想象开始，我们不知不觉地走进了一个虚构的美丽陷阱。这种虚构的力量足够强大，能够使我们完全相信那个悬设的周庄意向，而忽略亲眼所见

的真实周庄，即使我们内心有不同的感受，我们也会首先怀疑自己的想法是否准确、真实？

在画家的画布与印刷精美的明信片上，为我们提供了一个江南的审美典范——周庄，对于这个被反复重复的意向，我们是如此熟悉，并且深信不疑。虚构中的江南水乡意境与现实中这个过度商业化的小镇之间的不协调，使得整个旅行显得如此地冒失。这种互相映照中的失落与怀疑

感，在旅途中始终啃噬着我们的情绪，脚步似乎也因此而显得局促不安。

周庄镇，一名贞丰里，有三图，在南二十六都。一图严字圩，二图中江、南江字圩，三十六图下江字圩。向属长洲县，雍正四年，分为元和。镇西过一水为吴江县，东垞过东一水为松江府之青浦县。镇不及五千户，地不及三里许。界三县，跨两府，有司颇难为理。

《贞丰拟乘卷上 地界》

就是这样一个小小村落，原名贞丰里，北宋时期，因一位姓周的因信奉佛教将两百亩庄田赠给当地的全福寺作为庙产，为感其恩德将这片土地称为"周庄"，"贞丰里"的地名反而被逐渐淡忘了。"周庄向属村落。自金二十相公南渡来此，稍为开阔。至沈万三父沈佑，从南浔徙于东垞，始辟为镇。今

厅院落当中的已非当年的商贾走卒、达官贵人了，换作了手持相机、背包里塞满胶卷，四处好奇张望的观光客，他们并非来体会自己的感受，而是来寻找画家的回忆，来一一对照明信片上的取景角度。而往日寻常巷陌中的百姓人家也换作了鳞次栉比的旅游纪念品商店了。

画家吴冠中说"黄山集中国山川之美，周庄集中国水乡之美。"小巷深处，石板路古朴静谧，清清流水之上各式桥梁纵横，一派水乡味道。烟雨斜阳的秀美景色、河汊四出的水乡风貌、宁静简朴的休闲生活——这些都满足着人们对于江南生活的想象。这里是旅游者窥视江南水乡生活风情的场所，也是人们得以摆脱时光的束缚，追溯前人生活碎片的最好机会。这里成了摄影、绘画、电影等理想的创作基地，因为这些都是满足人们想象的观察方式。

街衢仿佛犹存"。南宋时期，跟随宋高宗南渡的金二十相公一行在周庄定居，周庄的居民开始稠密起来。元朝中叶，沈万三之父由南浔迁来，因经商而逐渐发迹，周庄出现繁荣景象，形成了南北市以富安桥为中心的集镇。到了清代，周庄已经衍变成江南大镇，但名字仍叫贞丰里，直到康熙初年才正式更名为周庄镇。

现在的周庄与往日的周庄"街衢仿佛犹存"，但如今穿行在富安桥畔、沈

当我一次又一次地徘徊在江南小镇的街头，这些江南小镇是何等地相似啊，西塘？乌镇？同里？周庄？何其地神似，有着近乎相同的外观与风情。三步一桥，五步一拱，沿河廊屋，修直平远，水乡风光，萦回曲折，虚实交融，而白墙灰瓦，竹影荷香，恬静宜人。但这种太过相似的质朴而纯美，还能一次次地勾起我们的亲近、怀恋之情吗？

当然我们不应该，也不必要完全从真实的角度来计较艺术作品的精确性，艺术需要的是美的抽象，需要用情感对固有的对象进行过滤。但这种烟雨江南的迷蒙、恬淡与多情，这种太过

熟悉的斑驳陆离的青砖古墙、那石缝间的青青苔痕，其中有多少是出于真诚的笔触，而不是商业化的模仿呢？

为什么人们留恋于这些江南小镇？他们在寻找些什么呢？

是不愿意告别古典的江南想象？还是不愿意接受现实的改变？

城市化进程使江南的城市已经渐渐淡出了古典的诗意，迅速呈现出过国际化都市的风貌。而没有发生太多变化的乡镇生活似乎可以为现代人寻找江南提供了最佳的时光标本。听惯了节奏强劲的城市摇滚，久居烦嚣都市的人似乎更愿意聆听一曲清新可

人的小曲——小城故事。于是周庄以其悠远的传统、淳朴的民风、古老的建筑、清澈的河水成为了江南的一个"关键词"，迅速取得了商业胜利。

"上有天堂、下有苏杭，中间有一个周庄。"周庄的商业操作无疑是江南古镇中最为成功的，但也正因为如此而最遭人诟病。画家陈逸飞《故乡的回忆》成就了周庄，也糟蹋了周庄。在这个"出口"转"内销"的过程中不知负载多少人对于江南水乡的想象与虚构。置时光的流逝而不顾，人们对于周庄的印象永远停留在了《故乡的回忆》这一刹那。人们忽视了甚至根本就不想考虑周庄会有什么变化。

也许我们确实需要这样在时光中保持不动姿势的时光标本，用来印证时光的飞速流逝，用来满足我们的推测与想象。我们当然也可以赞许这样的无烟工业对于环境的保护，坐在家门口收

票，靠祖宗的老房子吃饭也确实为当地居民带来了实惠，但注意请千万不要把这种商业性的表演当做是江南生活的真实场景。

在如织的游人中，在周末逛商场般的摩肩接踵中，颇有几分"破帽遮颜过闹市"的局促，更不乏"你在桥上看风景，看风景的人在楼上看你"的观看方式，唱民谣的小姑娘拿着歌名目录五元一首地做着生意，摇船的大爷向游客索要着五元、十元的小费。游客们争相购买着那些能够证明自己来过周庄的物品。这里似乎已经不再是安静的小镇，悠然自得的江南生活方式，而是一个巨大的集贸市场，人们在此购买他们虚荣心的"证明"。

已经没有了回忆，而画廊里复制品仍然咿咿呀呀地吟唱着江南小调。当然，我们在这里无意指责乡民。因为各自的目标不同，求一点额外的收入本也无可厚非。之间的分歧主要来自于一方面想要追寻的是一点江南旧梦，而另一方面是想增加一点收入来提高自己的生活水平。古典田园式的江南生活方式并不能像老房子、古老的河道一样经得起岁月的侵袭。任何

一种文化在经济、文化、社会的多元影响下也不可能长期保持单一的纯洁性，各自的立场不同，思维方式不同，得到不同的多解答案也是情理中事。

写到湖山总寂寥。

那曲折回环的河道，吱呀作响的橹声，发出清脆跫音的青石街道依旧，惟独缺少了江南生活方式的闲情与悠然。没有感动，没有惊讶，甚至没有一丝情感的波澜，心绪的曲折，失去了明净、恬淡和疏朗的气质，周庄就不成其为周庄，水乡也不成其为水乡。如同玻璃柜中陈设的标本或是文物，失去了活泼的内在生命力。

真正的生活是最简单不过的细节。如果一个小镇不是因为人们的生活需要而存在的，而是满足其他人的想象而存在，那么也无异于一幅巨大的画布或是场景，缺乏最顽强的生命活力。这就是所谓的"最具江南美景"的周庄吗？这就是那被誉为"中国第一水乡"的小镇吗？

城市的发展使江南意向已经无处可寻，于是人们转向江南的村镇，在这里仍有未被城市化侵袭的剩余标本。但过多好奇的目光又使得这块未经打扰的家园迅速地商业化了。我们面临的就是这样一个尴尬的处境。当旅游与观光最终变成一种产业时，那些热切的寻梦自然会一次又一次地落空。在城市化进程

不断发展的过程中，我们不断地付出代价，而且这一过程是无法逆转的。

这与罗大佑《鹿港小镇》歌中所描述的场景多么的相似：

听说他们挖走了家乡的红砖砌上了水泥墙
家乡的人们得到他们想要的
却又失去他们拥有的
门上的一块斑驳的木板刻着这么几句话
子子孙孙永保有　世世代代传香火

罗大佑歌词中的元素，几乎都是

我们所熟悉的：城市、工业、文明、命运、文化、人（我、你、他、她、他们）、家、社会甚至政治……无论人们是多么留恋小镇的质朴与美丽，但是"繁荣的都市、过渡的小镇与徘徊在文明中的人们"都是我们今天所面临的现实问题，这绝不仅仅是悲凉与叹息所能解决的问题。

在江南的旅行，这种对于历史、对于虚构、对于想象的观赏与消费尤其明显。身在周庄，你可以任意地寻找、拍摄着那些似曾相识的图片。作为游客，你尽可以无所顾忌地发呆、出神、问一些无法回答的问题、举着地图不断寻找、在陌生的街道游荡。每一个来到水乡周庄的游客大约都是如此吧，他们对小镇的现代化与商业化视而不见，任性地在自己的想象中梦游，自说自话地梦呓，并从现实中寻找着自以为是的贴片。旅行似乎成为现代的木马，悄悄地把旅行者带到异地的某个角落，而当地的人们毫无惊诧。人们的日常生活与往昔、诗句毫无关系，旅行者却将它们联系在起来，用一种悠远的目光去打量，任何现代的文明都视若不见。历史已经成为历史，但并不妨碍后人在时光的废墟上寻梦，寻找虚拟或是虚构的痕迹。这些举动在当地人看来是何等的可笑，也许这正是作为游客的专有权利吧。

江南水乡，这个时空交错、真伪难辨的周庄，成为旅行路线策划中的一个卖点，一个技术关键词，成为被刻意保留的商业化的场景布置。对着这样一种人工场景，人们除了像商品社会中的普通消费客一样漫不经心地window shopping之外，恐怕没有那么多的思古幽情需要抒发了，如果真的那样，也会显得多么矫情与拙劣，同时也没有任何价值。

民俗之婺源：人伦之美

民俗，对于一个民族而言，如同一条深深扎入民族精神中的根，树高千尺，叶落归根，枝繁叶茂也正依赖着根系庞大、汲取来自历史深处的营养。根据古汉语的解释，"风"，指的是自上而下的教化；而"俗"则意指民间的自我教化，是一种"人相习，代相传"的东西。民俗，实际上是一种创造于民间，又在民间代代相习、传承的思维方式和行为习惯，在社会上则表现为世代传承的各种民俗事象。如同一泓生生不息的清泉，民俗最有生命活力，最具历史性、稳定性、广泛性的基础部分。在日常生活中最琐碎的细节中，体现了一个民族的文化精神，传承着千载的民俗文化。

一些古老的民俗，经过无数岁月

民间抬阁艺术享有"中华一绝"的美名，茶道表演更是风姿迷人。而婺源最为人称道的则是因为这里是理学大师朱熹和中华铁路之父詹天佑的故里，曾出过550名进士，素有"书乡"的美誉，在其文化形态表现中体现了相当浓重的耕读文化特征与宗法色彩。

的淘洗，之所以能一代一代传承延续下来，其根本原因就在于它是一个民族的精神文化线索，衣食住行、待人接物、婚丧嫁娶得到最充分的体现。江西婺源原属于古徽州文化区，是徽州府（前称新安郡）的"一府六县"之一，在20世纪之后才划归江西省，在器物文化、制度文化，还是在精神文化，都有深厚的徽州色彩。徽州文化内涵丰富，在各个层面、各个领域都形成了独特的流派和风格。如新安理学、徽派朴学、新安医学、新安画派、徽派版画、徽派篆刻、徽剧、徽商、徽派建筑、徽州"四雕"、徽菜、徽州茶道、徽州方言等。典雅的徽剧是京剧的老祖宗，古朴的傩舞被称做"舞蹈活化石"，

婺源的每个村庄几乎都有宗祠，供奉着村中大姓人家的祖先。江湾的萧江祠堂气势恢弘、布局严谨，汪口的俞氏祠堂建于清代乾隆元年（1736），风格独特、工艺精巧，宗祠的斗拱、脊吻、檐椽、梁枋、雀替、柱础无不考究形制、木质构建均巧琢雕饰，祠堂为三进院落，整个祠堂以细腻的雕刻工艺见长，雕工精巧，

图案精美,鸟兽人物,呼之欲出;渔樵耕读,形态逼真;而且绝大部分历经劫难,仍然保存完好。黄村的"经义堂"是本村的"黄氏宗祠",因祠内有杉木柱100根,又名"百柱宗祠"。这些宗祠虔敬庄严,无论大小,都相当肃穆。

徽州人十分看重祭祀祖先的仪式。在徽州,《朱子家训》最受器重,各宗族均以此书作为补充和改造所行家礼的规范。在《家礼》中,首先为"通礼",而列于开篇位置的就是"祠堂"。因为"报本返始之心,尊祖敬宗之意"是儒家伦理的核心和根本,故置于篇首以示其重。在祭祀篇中,对四时祭、忌日祭、生忌祭、墓祭等礼节又作了说明。徽州各族祭祀多依《家礼》而行。"新安各族聚族而居,……姓各有宗祠统之,岁时伏腊,一姓村中千丁皆集,祭用朱文公家礼,彬彬合度。"而祭礼不论具体形式如何变化,均恪守"孝"的原则。

让我印象深刻的则是江岭村的宋氏宗祠。也似乎印证了那句话,旅行的乐趣往往来自偶遇。到江岭原本只为观景。江岭村,位于山岭高处,是春天观赏、拍摄梯田、油菜花的最佳取景点,据说花开的时候这里的车辆沿着山路蜿蜒达200米,我们到达的时候已经错过了花期,梯田里绿意层层叠叠,山间突然下起了绵密的雨,我们只好就近躲进了一家小小的农家客栈,喝茶聊天,等待着雨势稍减。撑着伞,走进这个雨中静谧的村庄,村口是小学,孩子们有的在朗读,有的在玩耍。村口仍是高大的香樟树,淙淙的溪水蜿蜒绕过村庄,宗祠位于水口边上,三进的规模,没有经过整修的墙上刷着重视教育工作的标语。往前后则是农家院落了,猪圈、放柴草的储藏间、新盖的住宅和老房子参差交错,从二楼的窗户中伸出长长的木杆,据说是晾晒衣物之用,秋天还可以晾晒辣椒等制作蔬菜类干货。没有人注意到我们这些来自异乡的游客,当地人披着塑料布在雨中挑着担子。注视着这座导游手册上没有的小小宗祠,你会有种微妙的感觉,在雨丝沙沙中时间似乎停

止了,似乎回拨到了上个世纪、上上个世纪。我们的先民也曾这么简单地生活,宗祠里有我们的祖先,学堂里有我们的后代与希望,民居中是我们现世的生活,古民居斑驳的墙壁前,还未曾拥挤着各地的观光游客。一切平静安详,这就是我们的生活。

为人子,孝;为人臣,忠;为人友,信;这些古老的伦理信条在这里也显得那么自然而笃定。宗祠是血缘、人伦的纽带,也是保留着丰富的传统文化信息文化遗存,婺源之所以吸引众多观光客的眼球也正在于此,一方面这种人与自然的和谐绿色,生态+农业+徽州古民居的模式实现了都市人回归田园的梦想,另一方面,这种曾经

鲜活地存在过的文化形态也为我们稀薄的信仰提供了有价值的标本。起身离开农家客栈时,主人一再推辞我们的茶资,他一再地说,朋友来喝几杯茶,哪有收钱的道理?

民俗是观察和了解一个民族和一个地区的文化最直接、最生动的窗口。民俗,按照联合国教科文组织在"亚洲口头传统文化研究会议"上提出的"民俗分类法"中,基本可以分为(1)口头传说、民间故事、深化、传说、史诗、歌曲、民间口语、谚语、谜语、儿歌、不成文法以及悼歌等;(2)习惯行为上的传说、信仰、仪式、风俗、宴会与节庆、舞蹈与戏剧、游戏与手势等;(3)物质文化的传统,如艺术品、根据、建筑、手工艺品、服饰、食物与药物、剧场、木偶、剪纸等;(4)音乐传统、舞蹈、戏剧、仪式与节庆中的传统音乐。际上所蕴涵的文化意味深长。一个民族真正的文化精神,正是体现在大多数人最普通不过的日常生活当中。

我们在婺源的乡间,几乎可以时刻感受到日常生活中的各种民俗细节,落实在"人"的因素之上。婺源的古村落选址非常讲究,水作为生活的主要元素受到了充分的重视,与青山绿水相映,小桥流水人家的徽派民居将人类与自然的和谐美感发挥到了极致。人们在溪水浣纱、在桥头聊天,撑

船载货,从船埠头外出闯世界。民居则依山傍水而建,粉墙黛瓦,整体色彩是朴素淡雅,黑白相间。掩映在青山、绿水、古树丛中,确有诗情画韵。婺源所具备的美,美在环境、民居、人情味的整体美,这是其他徽州地区所无法比拟的。单纯的古村落、单纯的老房子,无法真正体现这种徽派之美,婺源的"乡村"风格更清晰、环境更清晰、环境更和谐、保存更完整。

走在婺源的村间,几乎随处可见拐弯处的墙角使用被削去了棱角的青石,呈圆弧状,为了怕青砖的棱角伤人。村里的小巷很窄,挑担的、老人或是小孩不留神会被锋利的石头棱角刮伤,为了行人让出一角来,颇让人感慨于古人之风。"一封家书只为墙,让它三尺又何妨?万里长城今犹在,不见当年秦始皇。"这种谦和、忍让的中庸之道,也是先民待人接物的一种伦理规范了。

婺源的民居徽州味很浓,高大的外墙,窗开得高而且小,采光主要靠封闭的天井,主要是因为徽州男子多在外经商,家中多为妇孺,为求防盗防火。有的人家正门根本就打不开,交错参差,只靠小小的边门出入。天井收纳落入的雨水,四水归田,因水为财,财不外流,讨个口彩。室内陈设也很讲究,突出部分当然在厅堂,因为这是生活起居、亲朋聚会、品茶对弈、吟诗作画的地方。厅堂的梁与两边门窗一般都是精工雕琢,厅堂的名称也多取"继"、"承"、"礼"、"义"等意。前厅正壁上高悬匾额,下挂一幅中堂画,多为"松鹤延年"之吉祥画。靠正壁陈设一条"压画桌",桌上东侧置放一托底花瓶,西侧摆设一古境,取谐音"东平(瓶)西静(镜)"之意。中间摆放一古钟,准点自鸣,与东西瓶镜的摆设,共同形成"终身(钟声)平(瓶)静(镜)"的意韵。古钟两侧各有古瓷"帽筒"一个。古人戴瓜皮帽,回家即脱帽放在帽筒上。他人来访,从帽筒上有无帽子,便可得知主人是否在家。厅内摆有八仙桌,桌上陈列文房四宝。厅堂两侧设茶几座椅。壁上挂名人字画，中堂两侧和东西列柱上，挂有泥金或木制楹联。

楹联是民居中的文化因素的有机组成部分。它不但使普通人家居住的民居弥漫着浓郁的文化气息，而且通过楹联的文字传达主人信奉的道德观、价值观、审美观，渗透于人们的生活风俗并改变着人们的思想观念。"第一等好事只是读书，几百年人家无非积善"，"孝悌传家根本，诗书经世文章"，"读书好营商好效好便好，创业难守成难知难不难"，"世事让三分天宽地阔，心田存一点子种孙耕"，"欲高门第须为善，要好儿孙必读书"等对联，使当地居民的伦理信条跃然纸上：认真读书，悉心经商，崇尚孝悌，行好积善，谨慎守成，艰苦创业。徽州是"程朱阙里"，婺源更是朱子故里，崇"仁"尚"礼"，几乎每个上了年纪的人都

会背诵朱子家训，"事师长贵乎礼也，交朋友贵乎信也，见老者，敬之；见幼者，爱之……"因而形成了一系列为社会所普遍承认、普遍遵守的道德观和崇儒尚文、含而不露的处世哲学。这些在民居的楹联中最为集中广泛地体现出来。据说徽商"以诚待人，以信接物，以义取利，贾而好儒"的经营之道，也与此民风有很大的关联。正在这种伦理规范之下，十世居于一堂，兄弟比邻而居（形制相同）的并不鲜见。

在婺源的思溪村内有一座"花颐轩"，建于雍正年间，专为村里的长寿老人所建。让他们在此种植花草，颐养天年。八把红木椅子雕着"八仙"图案，仙人栩栩如生。"银库"，是用来存放俞氏"兴泰里"的支派捐献银两的库房，建于清代中叶，这里存放的银子都是用来办学、建桥、赈济救灾的，反映了思溪村自古扶贫济困的民风。银库的护墙墙基高达1.6米，全用大块石板砌成。俞氏客馆的门厅由百"寿"字组成，都反映出婺源自古以来的敬老、尊老传统，在婺源优待老人自古就成为社会风尚。据记载，清代嘉靖年间，

朝廷明令:凡70岁以上的老人赏给九品顶戴,80岁以上的老人赏给八品顶戴,90岁以上的老人赏给七品顶戴,和县官平起平坐;百岁人瑞,赏给六品顶戴。而令人悲哀的人,现在这些村庄里,除了开店或是经营客栈的人家,也多半是老人与妇孺,大多数年轻人外出打工,寻找自己的人生了,这些老房子里的故事逐渐讲给游客们听了。

所谓传统并不等于可以随意抛弃的过去,是可以借鉴的珍贵文化资源。我们的时代正在经历一个历史性的社会变革,生活方式、社会组织形态、行为准则、伦理观念正在不断冲突、转变,这些也同样反映在寻常人情、习见人性,社会转型不只是发生在制度层面和精英文化中,婺源能在这样的观念、伦理、价值观的冲击之下,保持这种深刻而独树一帜的空间与生活态度,更值得我们珍视。

我们在感叹婺源乡村的"聚落群"能够保存着如此完整的同时,也更为它所展示出的乡村人心灵深处的"古典美"惊叹不已。生活与生命的宁静与从容,一任干净清朗,简单宁静,这种先民的生活智慧与伦理道德使他们的生活不役于物、自在自足。同时,我们也相当忧虑,这种来自一器一物一粥一饭中的清明静雅在无坚不摧的城市化进程中还能坚持多久?在推土机般的全球化浪潮中仍能平抚思绪、沉淀心灵吗?

人类不仅生活在一个自然空间里,同时也生活在一个人文社会的空间里。开放的人们不得不面对由价值观念不同所产生的生活方式、历史传统、文学艺术、风俗习惯等为表征的各种冲击,同时,我们也不能失去对各种文化形态的共存与参照。在自然的臂弯中,婺源离群索居,遗世独立,固然丰饶富庶,自在自足,却也无法永远自外于尘嚣、远离时代。去晓起、江岭的途中我们经过了高速公路的工地,当地的向导兴奋地告诉我们年内就有可能通车,有多个出口直达婺源的若干个古村落。

建筑师、工人们来到这里,用现代

的钢筋水泥打造着婺源可以预期的现代化未来；游客们来到这里，拿着照相机、摄像机虔敬而谦逊地记录下自己的所见，我们很难分辨自己的身份与愿望，在建筑宏图，文化理念之外，我们也许只是美的记录者，在这"最美丽乡村"还未被城市同化的时刻，让自然、风景、人文与历史所浑然呈现的韵味与风格定格。时间可清晰分辨昔时与今日，而历史会给我们以最终的裁定。

我的藏书楼之旅

浙江行：藏书楼的前世今生

高墙的胡同/深锁着七家的后庭
谁是扫落叶的闲人
而七家都有着：重重的院落
是风把云絮牵过藏书的楼角
每个黄昏/它走出无人的长巷
——（郑愁予《网》）

因为收藏者的爱惜与虔诚，图书这一文化消费品成为矜贵的藏书，而藏书楼正是它们居住的房子，藏书也因此保持着一种骄傲的姿势，漠视着时光的逝去与历史的变迁。中国的藏书事业起源很早，据说在夏商周三代就已经有了"藏室"、"册府"等藏书机构，而且出现了私人藏书家。中国古代的藏书楼，大体上可以分成官方藏书、私人藏书以及书院藏书三个部分。它们在历史文化的创造、积累、传播和继承过程之中发挥了决定性的作用，从而使得大约8万多种古籍得以保存至今。

对于我这个书虫来说，游山玩水之余自然更加留意这些文化遗存。这次的浙江之行当然不能错过藏书楼，参观宁波的天一阁和绍兴的古越藏书楼。

宁波天一阁

说来很有缘分，这两个地方并未出现在日程表上。经过6个小时在宁甬高速公路上的狂奔，我们的客车进入了宁波，兴奋之余我突然想起天一阁不就在宁波的某个角落中吗？这个持续三百年的藏书世家犹如一个私家藏书的典范与丰碑在中国藏书史上占据着重要的地位，虽然在风雨飘摇中终难逃离散失的命运，但是这个家族对于藏书的固执已经演变成一种传奇了。

一定要去天一阁朝圣，这个愿望终于在回程的时候达成了。我手里的快门没有停下来，藏书的杉木大橱、范氏关于藏书严格的家训、白墙黛瓦的藏书楼、绿意婆娑的园林，这个在我脑海中经过无数想象的圣地就在那里安静地等待我。

在这里，时间停止了流逝，连同书籍一起被妥帖地收入藏书楼中的杉木大橱，书中夹放芸草以除蠹鱼，书橱安放英石以避潮湿，在这个安静稳妥的所在似乎能暂时躲避战火与江南特有的潮湿梅雨。

天一阁的旧藏经历了国难人祸，民国期间因盗窃损失不少，很多善本辗转流失国外，实在是一种遗憾。如今大部分藏书已归浙江省图书馆，这里余下的是一个物质的外壳。大多数的房间里也只简单陈设了桌椅、条幅。不过这些在其他游人看来最是普通不过的地方，对我来说确有不一样的意义。世家、科举、文献积累、江南知识分子、地域性格乃至文化江南都与这些民间藏书楼有着千丝万缕的联系，也是一条由实物而至精神的研究理路。

宁波范氏天一阁自建阁至1949年，历十三代，薪火相传而不衰，对图书的管理制度不可谓之不严。天一阁一直有着禁止书籍下阁梯，禁止子孙无故开门入阁等极其严厉的规定，这种禁止流通、封闭甚严并且缺乏起码开放性的做法，实际上导致图书的利用价值大大降低。藏重于用，秘不示人，藏书的价值发生异化，垄断性与封闭性成为我国古代藏书楼相当普遍的特征。

明代的范钦因科举进入仕途，官拜兵部侍郎，从官职上看是武官，然而他并非一介武夫，而是选择了藏书作为他的爱好与追求。从他对宅第的设计（如日常起居与藏书楼分开）、对藏书的重视以及大量善本的珍藏可以看出这个藏书家决非附庸风雅或一时的玩票，他重视地方志的收藏、对藏书楼的科学管理都体现了他的眼光与见识。作为江南乃至整个时代与历史上的私人藏书家的典范，他得到了后人对他"司马"浮名之外的记忆，也为他的家族赢得了纪念碑式的荣光。朝代的更替并未影响到这座藏书楼的声名，因呈献大量善本，范氏家族受到了清朝皇帝的褒奖。文化的力量在藏书中的不断积蓄、沉淀中显得格外地有力，超越了尘世的名缰利锁。

这的确是个耐人寻味的选择。在政治权力组织的社会中，知识分子具有什么样的文化信念来支撑他的选择？他的文化选择有什么样的物质生活基础呢？这是很有意思的问题。在印刷业不断普及的明清，这些藏书家又成为多重身份的知识分子，校勘学者、版本学家、出版家或是考据学者，他们的藏书所起到的文化价值决非简单的"守书奴"，他们的自主性、创造性使我们重新理解了藏书家的"藏"。

"却有平生如意事，书满青箱。"

书负载了先人的情感与文化宿命，绵绵一脉书香流传至今，更多了一份沉甸甸的分量。

古越藏书楼

能去参观古越藏书楼，则更出于一种意外。在回程中，我们在绍兴打尖，准备吃午饭。车子在绍兴城内找寻着能够解决肚子问题的地方，古越藏书楼意外地从车窗前划过，"啊"我不觉遗憾地叫出声来，这个名字与我偶遇在车窗瞥过的一刹那。看来是没有机会了，吃饭之后马上就要继续旅行，恐怕没有时间再专门来看看了。心中颇有一点懊悔。

在确定了地点之后，饭也来不及吃就匆匆一个人来到古越藏书楼，当然还带着我的相机。我要去看看我那时只属于我自己的古越藏书楼。而江南藏书楼的精神旨归也是我心向往之的境界。

是的，它们都在那里安静地等待我，冥冥之中也似乎有双温暖的手在指引我、帮助我。古越藏书楼处在城区胜利西路街道北侧，紧邻维新派经常活动的大通学堂。楼主徐树兰（1837—1902）与天一阁的范钦有着相当大的差异，也可以说是我国私人藏书家的不同类型。徐树兰生活在内忧外患的19世纪末20世纪初，在西方文化的启迪和维新改良主义的影响下，参照东西方各国图书馆章程，以存古和开新为宗旨，捐献私人藏书7万余卷。他在光绪二十八年(1902)在越郡古贡院购地一亩六分，耗银32,960两，建造古越藏书楼，藏书7万余卷，并于光绪三十年(1904)正式向读者开放，是我国近代图书馆的雏形，具有划时代的意义。

徐树兰是位赋闲的兵部郎中，在他的家乡浙江绍兴建造此楼也寄托了他的理想。退隐故里、收集乡邦文献是中国古代文人的一种文化选择，也是寄托他们文化理想的普遍做法。但与范钦严格的收藏、保管与开放制度不同，徐树兰选择了将藏书正式向社会各阶层人士开放的做法。在管理方法上除继承封建藏书楼的传统外，也吸取了外国先进经验。编有《古越藏书楼书目》，其著录与分类都有创新，能够充分揭示馆藏。这也使古越藏书楼成为另外一种典范，标志着中国私人藏书楼向公共图书馆的过渡，也标志着中国近代图书馆的诞生。

如今徐树兰的古越藏书楼仍然作为绍兴图书馆的分部面向普通读者开放。很幸运，我到古越藏书楼的时候阅览室正要下班，听说我这个外地游客想拍张照片留念，管理员很高兴地打开了已经锁好的门，允我参观，并热情地讲解并回答我的问题。古越藏书楼的外形与现在的大规模图书馆没有办法相比，通体为木质建筑，白墙黛瓦，显得小巧得多，从规模上看较之天一阁也寒碜得很。

藏书楼原有三进楼房和一进平房。第二进和第三进楼房及第四进平房在"文革"其间被拆除。现仅存第一进门楼，坐北朝南，系砖木结构建筑。楼为阁式，窗槛雕斗，颇为雅致。本是两三进（据拆除的痕迹看）的院子已经拆除地只剩临街的一进了，楼梯两侧悬挂着与古越藏书楼相关的人物或是图片，两边各有一大开间，一为阅览，一为流通，阅览室里光线充足，临街皆窗都悬挂竹帘遮阳。架上现已多为流行刊物，不过有一架标为地方文献。管理员满口乡音，虽然我们几乎各说各的，不过我颇感动于他的热情。他告诉我古越藏书楼2002年作为绍兴图书馆分部对外开放，至今不过两年时间，而现在距离他正式向读者开放的1904年正好是100年。

虽然很想在此地多逗留一会儿，也很想坐在宽大的书桌旁翻翻书本，不过我要吃饭他要下班，我们友好地道别，在门口拍了几张照片之后就匆匆离开了，在街上拍照的时候不时有汽车、路人经过，也颇受了些异样的眼光。这个小小的藏书楼与张着鲜艳广告的民房比邻，至今仍发挥着它的功能，并未作为旅游景点收取门票，我觉得是最得藏书楼精髓的一点。有缘亲自感受这些，非常满足。

传统意义上的藏书楼怡然自得的，安闲自在的文化梦境已不可寻，读书闲情逐渐不为所重。身遭"国变"，忧思满怀，"故乡千里尽沉沦，何物还堪系此身。只有好书与良友，朝朝肠转似车轮"（钱钧《自题忆书图》），此时读书、校书就带有些追求精神寄托的意味了，藏书家叶昌炽称之为"此亦荆棘丛中安身之一法也"。

脆弱的书页似乎无法抵御来自水火兵虫的无情侵袭，但我们仍能从这些藏书楼的不同命运中解读出相同的东西来，"私"藏与图书的"公共"流通之间存在着不可逾越的鸿沟，而图书的公共流通又绝非是"私"藏能够解决的问题。藏书楼就这样渐渐淡出了历史，淡出了人们的文化视野。

尽管藏书有聚有散，但这些藏书楼都能完好地保存至今。藏书楼物质化的建筑背后隐藏的是历代藏书家的追求、信念与文化理想。

藏书楼是一个奇特的地方，一个时间与空间的奇妙交叉点。书本的脆弱与精神的绵长，砖石的坚固与文字的韧性，文字的时间性与建筑的空间感得到了和谐的统一，有时又似乎对着历史与岁月做出微讽的笑容，收藏的图书已经历经千年沧桑，而墙外正是现代都市的车水马龙。

拆与建：从"魏源故居"看城市拆迁的文化选择

多日不出门，城市变得更加陌生。走在街道上，有误入他人卧室的不安与惶恐。在"一年一个样，三年大变样"这样的城市建设口号，我们的城市正飞速地七十二变，变得与其他城市似曾相识，变得难以在城市文化坐标上郑重地标注自己的方位。

今天，我要去的地方是这场"超级大变身"游戏中一个被遗忘的角落，繁华闹市中的一座破败民居，这里是魏源曾经长期居住过的南京寓所——"小卷阿"，就是在这里，魏源编撰了百卷本《海国图志》。这是一个近现代中国史上无法忽略的名字，也是"睁眼看西方"的先知先觉者之一。这部《海国图志》不但对中国的洋务运动、维新变法一直辛亥革命都曾产生积极的影响，而且对推动日本的明治维新也起了相当重要的作用。

如今，这座陪伴他撰写这部宏编巨制的"小卷阿"故居却被南京人不经意地丢在一边，任其破败了。"小卷阿"的所在位于清凉山畔的龙蟠里，现在也是车水马龙、高楼林立的繁华地段了。不过时代的变迁似乎并未走进这座挤挤挨挨住了9户人家的三进院落。老宅子的门还在，梁还在，屋顶的形制还在，但房屋内部已经住户隔成了曲折若干小单元，塞满了杂物，过道仅容一个人侧身通行。有家住户的门上至今还刷有文革时候的标语。

旧宅门头上原有的"小卷阿"字样已经被抠去，只有原来的轮廓与门头精致的雕刻还依稀透露着岁月的消息。这9户人家中已经没有姓魏的了，

自魏源的孙女魏韬去世后，魏氏家族已经没有后人了。当问及其后人的消息时，一位住户简单的回答"都死得了"，使人陷入到一种难言的悲凉当中。

当年魏源亲手种植的腊梅花依然怒放，清冽芬芳，历史在这百年间经历了太多的坎坷与痛苦，似乎太健忘，太无情了。如今没有多少人能将魏源这个在教科书中的名字与眼前这座拥挤的大杂院联系起来，更少人能来探究其被毁弃的深层原因。魏源故居被毁弃的经过，不仅对于南京，而且对于近半个世纪以来中国文化的某种走向，都有着沉重的典型意义，另有一种苦涩的岁月味道。

英国18世纪诗人库泊有一句名言："上帝制造了乡村，人制造了城市"。从某个意义上讲，城市是人类的文化产品，由人类的文化品格和精神气质凝聚而成。城市，作为一种文化现场崭新地呈现在人们面前，瞬间的影像与断片，"叙事性"场景与纷杂的人物故事，过客冷漠而漫不经心的目光所构成的图片，拼贴起一种新的叙述风格。近年来不断深入的城市以及城"事"的寻访与再发现构成了一种文化现象。城市，我们至少可以说，这不仅是南京，也是中国当代文化发展的一个怪圈。从某种意义上说，魏源故居的毁弃，也正标志着南京这座城市近代辉煌的最后终结。

城市既由历史层累而成，有的时代城市发展快，增添的东西就多，破坏前代遗留的东西也多；有的时代发展滞缓，增添东西就少，然而覆盖前朝的遗迹往往也少，正是这种增添与破坏结构成了今天的南京城。也许是南京人过

魏源故居的门口

的先行者，无可奈何地意识到，南京如果还想有希望，就必须"掩却禅关，不闻时事，一任天涯陆沉，朝与市"的铅华脂粉、嗜睡酸吟中挣脱出来，必须另外开拓一方天地，另行培育一种铮铮风骨，于今天的南京也仍有着现实意义。

分沉醉于六朝烟水的悠远与辉煌，对于近代史上的文化遗迹，就显得漫不经心，甚至相当冷漠。中国思想文化史上

岁月的变迁，容颜的改变，文化气质的销蚀，除了为我们提供岁月兴亡的感慨借口之外，更有价值的是提供了一种精神线索，在近现代的中国城市在夹

南京：民国的民宅

缝中如何畸形地发展，在近50年的巨变乃至更久长的历史时段中如何突破稳静格局，一次又一次的城市改造之后深刻地体现着隐于城市背后的"人"的文化心态、社会心理，这些发掘与启示往往比诗人们满怀伤感的怀古更有现实指导意义。

进入20世纪以来，南京的"拆"与"建"不断地进行拉锯战。这样的教训也不在少数，一是修筑鼓楼隧道，二是大砍行道树，将树龄几十年甚至近百年的悬铃木，从六行砍成四行、二行甚至全部荡平，对仍发生在当今90年代盖同仁大厦时，竟将保存较为完好的明代建筑焦竑的五车楼拆毁，总统府前的大照壁的人为损伤等。这些怪现象也为我们提供了很多继续研究的线索，如李渔的芥子园为什么被毁灭得如此干净，被遗忘得如此迅速；南京这样一座历史文化名城，文化中的所谓"六朝烟水气"是如何消亡的？除了一次次的铁蹄入侵之外，有没有更深层次的原因？确实耐人寻味。

对于当今的文化研究者来说，观察、理解、分析、批判当代都市文明发展的现状与趋势，比简单地赞美与附和更加重要，也更有价值。历史与现实中对南京城市建设中已经有了太多的种种误操作，什么时候能为我们的精神资源提供有价值的保护？让我们为后世继续提供独特的精神资源，呈现出更为丰富精美的

城市文化册页。

这座挤挤挨挨住了八九户人家的魏源故居在2007年时遭遇火灾，主体结构被毁，等待它的命运可能只能是拆除了。

都市的改造不只是拆房子建房子，拆什么建什么的每一个决定其实都是文化的抉择，透露出我们对过去的认识以及对未来的想象。老屋代表着生活方式、处世态度，甚至生命哲学。拆老屋建新屋，就是以不同的空间格局塑造另外一种生活方式、处世态度与生命哲学。它不仅只是土木工程，它是文化的开启与创造，是我们传承给下一代的生命哲学。

(补记：魏源故居因火灾，2011年被彻底拆除)

后记

除了感谢,还是感谢。

谢谢士林师兄,使我多年来对江南的阅读、思考与关注有机会落实成文,并一再殷殷催促,给了我最大限度的自由和时间。

谢谢《清嘉录》的作者顾禄,《吴郡岁华记丽》的作者袁景澜,让我暂时离开粗糙的满是灰霾的现实,沉浸在那个精致而美丽的江南世界中。

谢谢元元,虽然他经常调皮地关掉我的计算机,敲打我的键盘,偶尔删掉我的文字,让我离开电脑跟他玩耍,他时时在提醒我生活中的重要的环节。

谢谢我的朋友林陌,用他相机后的慧眼,捕捉感动,积累领悟,为我的文字增加了美和慧。

谢谢所有温暖的帮助和鼓励,谢谢所有的耐心和等待,谢谢所有可能的意见和建议。

倾听您的意见。

wanyu@njnu.edu.cn

修订后记

我们的江南文化研究和出版，始于2002年。当时我还在南京师范大学教书，洛秦也刚主持上海音乐学院出版社。大家在古都南京一见如故，遂决定携手阐释和传播江南文化，到今年正好是10周年的纪念。

10年来，工作一直没有停顿，大体分为三个阶段，略记如下：

在决定出版"江南话语"丛书后，我们首先于2003年8月推出了《江南的两张面孔》，当年的12月，又推出了《人文江南关键词》和《江南文化的诗性阐释》。这3种图文并茂、配有音乐碟片的小书，颇受读者青睐，先后几次重印。

2008年，在上海世博会来临之前，我们对全三册的《江南话语》丛书做了第一次大的修订，除了校订文字、重新设计版式、补充英文摘要，还增加了洪亮的《杭州的一泓碧影》和冯保善的《青峰遮不住的寂寞与徘徊》，使丛书规模从3种扩展到5种。

2012年开始，我们又酝酿做第二次大的修订，在原有5种的基础上，增加了《吴山越水海风里》《世间何物是江南》《诗性江南的道与怀》《春花秋月何时了》和《桃花三月望江南》，内容更加丰富，也记录了我们的新思考和新关切。在此，我们希望她能一如既往地得到读者朋友的喜爱。

最令人高兴的是，历经10年时光的考验，我们两个团队没有任何抵牾，而是情好日密、信任如初。在当今时代，这是很不容易做到的。仔细分析，原因大致有二：一是我们最初的想法不是用它赚钱，而是做一点自己喜欢的书；二是更重要的，10年来我们一起努力坚持了这个在常人看来颇有些浪漫和不切实际的约定。

记得在少年时代，第一次读到古人"倾盖如故，白发如新"一语时，我就为这句话久久不能平静。现在看来，"倾盖如故"，我们在共同的书生事业里已经做到，放眼未来，"白发如新"也应该不是问题，因为我们在一起发现了江南的美，也都愿意做这种古典美的传播者和守护者。当然，我们也希望有更多的朋友参与这个过程，为中国文化的复兴和江南文化的现代转换贡献各自的力量和智慧。

刘士林

二〇一三年五月十七日于春江景庐薄阴细雨中

图书在版编目(CIP)数据

春花秋月何时了 / 万宇著. —上海：上海音乐学院出版社，2013.6
（中国风：江南文化丛书）
ISBN 978-7-80692-875-2

Ⅰ.①春… Ⅱ.①万… Ⅲ.①散文集－中国－当代
Ⅳ.①I267

中国版本图书馆CIP数据核字（2013）第138268号

书　　名：春花秋月何时了
著　　者：万　宇
责任编辑：夏　楠　鲍　晟
封面设计：方子文
出版发行：上海音乐学院出版社
地　　址：上海市汾阳路20号
印　　刷：上海天华印刷厂
开　　本：787×1092　1/16
字　　数：170千字
印　　张：11.5
版　　次：2013年6月第1版　2013年6月第1次印刷
书　　号：ISBN 978-7-80692-875-2/J.857
定　　价：37.00元

本社图书可通过中国音乐学网站 http://musicology.cn 购买